Siete veces gato

Sobre la autora

Domenica Luciani ha publicado numerosos libros para niños y jóvenes, muchos de los cuales se leen en escuelas e institutos. *Siete veces gato* nació de su pasión por los gatos negros, que siempre busca por todos los rincones del mundo.

Domenica Luciani

Siete veces gato

salamandra

Traducido del italiano por
Nieves López Burell

Título original: *Sette volte gatto*

Ilustraciones de la cubierta y del interior:
Cristina Rinaldi © Feltrinelli

Copyright © Giangiacomo Feltrinelli Editore Milano
Copyright de la edición en castellano © Ediciones Salamandra, 2005

Publicaciones y Ediciones Salamandra, S.A.
Almogàvers, 56, 7º 2ª - 08018 Barcelona - Tel. 93 215 11 99
www.salamandra.info

ISBN: 978-84-7888-948-8
Depósito legal: NA-403-2007

1ª edición, mayo de 2005
2ª edición, febrero de 2007
Printed in Spain

Impreso y encuadernado en:
RODESA - Pol. Ind. San Miguel. Villatuerta (Navarra)

A *Natty Bumppo*, mítico e inolvidable gato negro que tenía un bigote blanco y muchos recursos: antes de sacar las uñas advertía con un toque inofensivo de la zarpa, y cuando lo sorprendían in fraganti lamía con ternura hipócrita la cabeza de sus víctimas. Espero volver a encontrármelo en su próxima vida.

Prólogo

Si piensas que los gatos negros dan mala suerte, hazme un favor: no leas este libro. No obstante, si piensas que los gatos negros dan mala suerte y lees este libro, aprenderás algo nuevo: que eso no tiene nada de cierto.

Mi palabra no está exenta de autoridad: soy un gato negro desde no sé cuánto tiempo y a las personas que he conocido en todos los lugares donde he estado les he proporcionado buena y mala suerte sin ninguna regla fija. Los humanos me han adorado unas veces y otras me han perseguido, según sus creencias. Pero esto no me sorprende porque, si quieres saber mi opinión, creo que son un poco ligeros de cascos. ¡Y deja que te diga que he conocido a muchos!

Resulta que en el mundo de los hombres nunca hay nada estable o constante. En un sitio creen ciegamente en algo y mueren por eso, mientras que en otro no le dan la menor importancia. Además, son capaces de cambiar de idea como una nube cambia de posición en el cielo. ¡Y no sólo eso! Pasan los días, las noches y los años como caballos al galope y ellos siguen haciendo las mismas locuras, convencidos siempre de que tienen razón. Algunos, cuando rememoran el pasado, critican con dureza a las personas que los precedieron por haber cometido chaladuras, en el fondo parecidas a las suyas. Y a veces, esas mismas personas son ensalzadas por otros, que ven el pasado de forma absolutamente opuesta. Pero ni unos ni otros pueden recordarlo, ya que los humanos sólo disfrutan de una vida.

En cambio, los gatos han sido los mismos desde que el mundo es mundo. ¿Y sabes por qué? Porque andan a cuatro patas y por eso tienen un montón de equilibrio. Los pobres hombres, que se ven obligados a caminar con dos, no saben ni lo que quiere decir esa palabra. De hecho, siempre están cayéndose: de cara, de espaldas, de lado o de culo, según el caso.

Por eso los hombres más fiables son los que van a cuatro patas, como los niños, los que se mueven con tres, como los viejos con bastón, y los que no caminan en absoluto. Por supuesto, algunos también están tan en forma que pueden mantenerse sobre dos piernas sin caerse jamás. Tienen suerte, igual que los gatos que se encuentren en su camino; porque son muchos los humanos que hacen las cosas sin pies ni cabeza, como no podía ser de otro modo: con sólo dos pies no se apañan, y la cabeza está claro que no saben usarla.

Una última cosa: si piensas que los gatos tienen siete vidas, entonces este libro te gustará. Léelo y descubrirás que no te falta razón.

1

El primero de mis primeros recuerdos es que estoy en una barca de papiro y tengo un miedo terrible. Del río ha salido un monstruo verde con los ojos saltones que ha atrapado a mi madre. Ella lucha como puede; veo cómo su cola erizada se agita en el agua. El hombre de las manos callosas que me tiene en su regazo me suelta a sus pies e intenta quitarle el remo al barquero. Mientras ruedo por el fondo del bote, oigo que grita:

—¡Dámelo, rápido! ¡A ese cocodrilo lo arreglo yo!

Pero el barquero sujeta el remo con fuerza y exclama:

—¡No! ¡Es un sacrilegio!

La barca se tambalea; el monstruo ha desaparecido y mi mamá, con él. Manos Callosas me aprieta contra su pecho.

—¿Has visto, Thuth? Este pobre gatito se ha quedado huérfano. ¡Si le hubieses dado al cocodrilo un golpe en la cabeza, habrías podido salvar a su madre!

—El cocodrilo es sagrado —responde el barquero.

—El gato también y ahora su muerte planea sobre tu conciencia —insiste Manos Callosas.

—No es culpa mía que la gata se haya caído al agua, pero si hubiese matado al cocodrilo sí que sería culpable —replica.

Siguen discutiendo un rato sobre cuál de los dos animales es más sagrado, el gato o el cocodrilo.

—Perdonad —digo—, puesto que ese monstruo ha seguido con su baño, ¿por qué no me lo preguntáis a mí, que soy un gato? —Pero como ninguno me pregunta nada, me pongo a gritar con toda la fuerza de mi garganta—: ¡Yo, cada segundo que pasa, me siento más sagrado!

Pero nada: a esos dos no les importa en absoluto mi opinión. Es más, comienzan a darse empujones y la barca se balancea de nuevo.

—¡Si no lo dejáis, volcaremos, y entonces habrá que decidir si es más sagrado el hombre o el cocodrilo!

Al final, los dos gritan:

—¡Por Amón que la verdad está de mi parte!

Luego se dan la espalda y se sientan en silencio a mirar cada uno hacia una orilla del río.

«En la orilla derecha vive la verdad del barquero y en la izquierda vive la verdad de Manos Callosas», pienso mientras me rasco una oreja.

La verdad del río, que se halla en medio y que para mí es la única, es que mamá está muerta y yo todavía tengo las uñas demasiado tiernas para defenderme de estos insensatos. Al llegar a la ribera, Manos Callosas me toma en brazos y dice:

—Bueno, este gatito me lo llevo yo. ¡En cuanto mi hijo nazca, lo consagraré a él para que crezca sano y justo!

No sé si Pies Fétidos, al que todos llamaban Sostris, creció de verdad sano y justo gracias a mí. Es más, estoy seguro de que no, dado que todo lo que aprendió lo aprendió por su cuenta y que, además, hizo muchas tonterías. Como aquella vez que —por cierto, acababa de dejar de andar a cuatro patas— abrió la cerca y soltó a los tres cerdos de Manos Callosas. ¿Tú has vuelto a verlos? Porque yo, desde luego, no. O cuando, algo mayor, prendió fuego al silo de la cebada que había detrás de la casa, y, lo que es peor, iba riéndose mientras escapaba, tan contento.

Bueno, Pies Fétidos organizaba alguna cada dos por tres, pero, para ser justos, hay que decir que conmigo siempre fue bueno y amable. Y para ser justísimos, diré que también Manos Callosas y su mujer, Paso de Danza, fueron siempre buenos y amables conmigo. En definitiva, debo admitir que la vida con ellos era una fiesta y que nadie me tocó nunca un pelo de la cola.

Por ejemplo, Manos Callosas: con todo el trabajo que tenía en el campo, y a diario encontraba un ratito para acariciarme treinta y tres veces la cabeza. Decía que de esa forma la cebada crecería con vigor y habría una buena cosecha. Yo sabía que, como mucho, las caricias le sentaban bien a mi pelo y quizá también un poco a mi humor, pues siempre me daban ganas de ronronear. Pero, desde luego, con la cebada nunca he tenido nada que ver; figúrate que ni siquiera me gustaba el olor. No obstante, una cosa estaba clara: no había por qué desilusionar al pobre hombre. Y tampoco era necesario decepcionar a Paso de Danza, que tres veces al día se arrodillaba ante mí, me presentaba un cuenco con tocino y me decía:

—¡Oh, sagrado *Ghib*, acepta nuestra ofrenda y, si no es mucha molestia, sigue sonriendo a nuestra familia con tu protección!

Yo aceptaba gustoso la ofrenda y seguía dándoles mi sonrisa y mi protección. Esto último no sé muy bien cómo lo lograba, pero seguro que no lo hacía nada mal, porque me mantenían en su casa. Yo me dedicaba a lo que me apetecía, y podía apostarme la cola a que ellos estarían siempre contentos. Dormía gran parte del día donde me resultaba más cómodo, y si lo hacía en las rodillas de uno de ellos, pensaban que era un gran honor. ¡Y mucho cuidado con molestarme!

Cuando llovía y, por pereza, yo hacía alguna necesidad urgente dentro de casa en vez de fuera, Paso de Danza se alegraba como si la hubiesen invitado a un banquete en el palacio del faraón. Y si adoptaba la posición de hacer una necesidad mayor, ella corría a ponerme un plato de barro debajo de la cola para recogerla, y luego, dependiendo de cómo hubiese salido aquello, exclamaba: «¡Según *Ghib*, somos los predilectos del Nilo!», o bien: «¡Para *Ghib*, el dolor de oídos pasará con la luna nueva!», o incluso: «¡*Ghib* dice que mis padres me saludan desde el Reino de los Muertos!» Ésa sí que era buena: si yo hubiese visto de verdad a aquellos dos ancianos agitando la mano desde el Reino de los Muertos, no habría tenido tiempo de desahogarme en el plato de barro porque antes me lo habría hecho encima.

A veces, Manos Callosas me llevaba con él al campo a que lo viera trabajar, pues decía que necesitaba mi ayuda para solucionar algún problema: demasiados guijarros en la tierra donde tenía que sembrar, demasiado viento que se llevaba las semillas, o bueyes demasiado perezosos que no querían tirar del arado. De la casa al campo me transportaba en una de esas grandes canastas en las que se metían las espigas para que no tuviese que hacer el camino a pie. Nunca comprendió que yo, a cuatro patas, no tenía los problemas de equilibrio que sufrían él y todos sus semejantes.

Fue en una de aquellas ocasiones cuando pude ver mi aspecto. Desde el día de la muerte de mi madre, el sol, al que todos llamaban Ra, había salido y se había puesto más de mil veces. Desde entonces no había regresado al río, y cuando de repente vislumbré de nuevo la línea azul que asomaba por detrás del campo, me entraron ganas de volver. Mientras Manos Callosas apremiaba a los bueyes blancos y negros, corrí hacia allí y en un momento estuve en la orilla. Percibí el olor fresco del agua y, de improviso, vi mi reflejo tembloroso en el río. No había duda, aquel gato negro de ojos amarillos era yo. «¡Soy un hermoso animal!», me dije, satisfecho.

Luego, inclinándome un poco más, vi otra cosa que me llamó la atención: sí, era más negro que el humo negro, pero en el hocico, entre los bigotes negros, tenía uno, uno sólo, blanquísimo y brillante. Parecía un rayo de luna en un cielo nocturno.

«¡Qué extraño! —pensé—. Hasta ahora siempre había creído que era *Ghib* y resulta que soy *Bigote de Luna*.»

En aquel instante supe que *Ghib* no era más que un nombre temporal, mientras que *Bigote de Luna* sería permanente. ¡Y tenía razón! *Ghib* desapareció en la nada poco tiempo después, como todos los demás nombres que los humanos me dieron más adelante. Ninguno de aquellos insensatos fue capaz de ponerme uno que pudiera llevar para siempre. Y puesto que las cosas de los hombres no duran ni la vida de una mariposa, he llegado a tener una buena colección de nombres inútiles.

Pero en aquellos tiempos todavía no podía saber eso. Entonces sólo sentí que en mi interior no era *Ghib*. Quizá *Ghib* estuviese adherido a mi pelo y, si me hubiese lamido muy bien para lavarme, se habría soltado para dejar lugar al único nombre que estaba escrito en mi corazón: ¡*Bigote de Luna*!

Pies Fétidos ya tenía las piernas largas y peludas cuando empezó a hacerme confidencias:

—¡Ay, querido *Ghib*! —me decía—. ¡Estoy tan triste...! Mi padre quiere que sea campesino como él y que me pase la vida partiéndome la espalda sobre las espigas de cebada... ¡Pero mis manos son demasiado finas, no están hechas para la hoz ni el arado!

Y mientras me hablaba, me enseñaba unas piedras lisas en las que había hecho dibujos: un ibis, un escarabajo, un ojo... Luego escupía en ellas para que brillasen más y me preguntaba qué opinaba, pero yo, en lugar de contestar, daba un gran bostezo. El caso es que me incomodaba muchísimo decirle claramente que aquellos escarabajos me parecían bastante primitivos.

Entre tanto, Manos Callosas se enfadaba cada día más con él porque no quería ayudarlo en el campo; Paso de Danza me doblaba las raciones de tocino llorando y rogándome que devolviese la paz a su familia. Me preguntaba:

—¿Cuánto falta todavía para que la paz regrese a nuestra casa?

Y yo respondía mientras masticaba:

—¡Faltan todavía algunos cuencos de tocino tierno y sin corteza!

Un día, Pies Fétidos se postró a mis patas y exclamó:

—¡Gran *Ghib*! ¡Te doy las gracias!

Me contó que había tenido un sueño en el que yo salía y, con voz humana, le confiaba el único modo en que podría cambiar el curso de su destino. Luego me pidió que jurase que no revelaría su secreto a nadie. Yo lo juré, aunque no era necesario porque no tenía la menor idea de cuál era. Es probable que yo también estuviese dormido y bien dormido cuando aparecí en su sueño.

Una mañana temprano, antes de que amaneciese, Pies Fétidos me agarró y salió de la casa. Desde el principio sospeché que el madrugón y la fuga silenciosa estarían relacionados con el sueño que el muchacho había tenido. Sí, precisamente con ese en el que yo le hablaba del destino. Así que durante un rato, mientras me amodorraba, me enfadé conmigo mismo por haberme metido en su sueño. «¡No lo haré nunca más!», pensé.

Luego se me cerraron los ojos y, esperando con todo mi corazón no volver a entrar por error en los sueños de nadie, me quedé profundamente dormido.

Pies Fétidos me llevó todo el tiempo en brazos, envuelto en un paño de lino. Caminó, caminó y caminó a la luz de la luna hasta destrozarse los pies. Pero el caso es que, aunque estuviesen destrozados, seguían apestando igual.

Me desperté cuando era pleno día y Ra me había cocido la cabeza como si fuese un huevo. Pies Fétidos me apretaba contra su corazón, que latía a lo loco. Estábamos frente a una gran casa. Dos guardias armados gritaron:

—¡Alto ahí! ¿Quién eres, muchacho, y qué quieres?

—¡Me llamo Sostris y quiero ver al maestro de escribas!

—¡Aquí nadie te conoce! ¡Vuelve al lugar del que procedes o probarás nuestras flechas! —contestaron ellos tensando los arcos.

—¡Adelante! —respondió Pies Fétidos mientras me levantaba ante él como un escudo.

Entonces yo solté un buen bufido, que en estos casos siempre surte mucho efecto. Los guardianes arrojaron los arcos al suelo y exclamaron:

—¡Por el poderoso Amón, perdónanos, oh, ser sagrado! ¡No sabíamos que este muchacho estuviese bajo tu protección!

—¡Eso sí que es hablar! —grité yo.

Así fue como Pies Fétidos me usó de salvoconducto para entrar en la enorme casa, donde fue recibido por el maestro de escribas y admitido en la escuela de escritura. Bueno, es increíble, pero el maestro encontró muy interesantes las piedras con escarabajos.

Cuando lo supo, Pies Fétidos cruzó los brazos y me dijo:

—¿Has visto, *Ghib*? ¡El maestro es un gran hombre!

—No es grande —repliqué yo—, sólo es corto de vista.

Bueno, quizá no debiera haberlo dicho, pero se me escapó.

La vida se volvió más aburrida para mí. Por supuesto, me servían y reverenciaban como corresponde a un ser sagrado, pero tenía olvidados el aire libre y los campos de cebada. Pasaba todo el día en el salón de la escuela observando a Pies Fétidos, que, con las piernas cruzadas y una cañita que llamaban cálamo en la mano, garabateaba cagaditas de mosca. No obstante, ya no usaba piedras lisas, sino delgadas tiras de papiro. El maestro de escribas estaba muy contento con él, y eso que el papiro, que tenía sobre las rodillas, estaba muy cerca de sus pies y, por lo tanto, no debía de oler demasiado bien. Pero, no sé, puede que el maestro también fuese corto de olfato.

Por lo menos, a fuerza de estar sentado todo el día, Pies Fétidos ya no corría el riesgo de perder el equilibrio: no provocó más desastres como el de los cerdos y se volvió más tranquilo y más lento al hablar.

Un día entró en la escuela un tipo que tenía unos dedos muy largos y brillantes, al que nunca había visto. Se acercó a Pies Fétidos y, señalando hacia mí, que estaba tendido a su lado, le dijo:

—Entonces, ¡éste es el famoso *Ghib*!

—Sí, ya te he contado su historia. Su madre lo parió en una barca y el barquero no tuvo valor para echarlos. Cuando la gata murió, mi padre se quedó con el cachorro, y ahora que lo tengo yo, mi destino ha cambiado.

—Bien, te daré tres piezas de plata por él. ¡Será mi modelo preferido! —dijo Dedos Brillantes.

—Lo que *Ghib* me ha dado vale más que toda la plata del valle del Nilo. Yo era hijo de campesinos y ahora soy escriba. No puedo desear nada mejor, así que llévatelo. ¡Ojalá te favorezca tanto como a mí!

Nadie me preguntó mi opinión. Dedos Brillantes me tomó en brazos y yo no me opuse, sólo sacudí un poco la cola. Y es que ya estaba hasta los bigotes de la escuela de escritura. Necesitaba un cambio.

Dedos Brillantes tenía un gran taller y se pasaba todo el día trabajando el metal. Pero su desgracia era que le faltaban ideas. Cuando yo llegué, sólo sabía hacer monos: monos pequeñísimos para colgarlos de las orejas como si fuesen ramas de una palmera, corros de monitos para ponerlos en los brazos, monos comiendo plátanos, gesticulando, rascándose las pulgas... En efecto, Dedos Brillantes tenía un mono que le servía de modelo. Y puesto que los simios andan sobre dos patas, como los hombres, resulta que el suyo había provocado un montón de calamidades. Por eso se lo había dado a un mendigo y me había tomado a mí como modelo.

Desde entonces se empeñó en hacer gatos con bigotes de luna de todas las maneras. Yo dormía tranquilamente y él me observaba, me observaba y me observaba con un cálamo en la boca. Luego me copiaba tal cual, primero en una tira de papiro y luego en un trozo de metal. Sin embargo, algunas veces no le salía bien: podía ser una pata más corta que las otras o quizá una oreja mal hecha; el caso es que la tomaba conmigo y me gritaba:

—¡La culpa es tuya! ¡No te has quedado bastante quieto!

Pero para mí que era él quien se equivocaba, porque desde luego yo ya me movía antes de nacer y, además, en mi opinión, mi madre no habría podido hacerme mejor.

Dedos Brillantes ya no me llamaba *Ghib*. Decía:

—*Ghib* es demasiado común. Te quiero tanto como a mi difunto hijo, Tnupri. Por eso, si es del agrado de Amón, tú serás *Tnupri Segundo*.

Puede que *Tnupri Segundo* no sea un mal nombre, pero pertenecía a uno que ya estaba muerto y embalsamado. Por eso, esperaba que en cualquier momento apareciese Amón para protestar. Pero a él también debía de gustarle el nombre, porque nunca dio señales de vida.

Un día fue a verme una chica. La pobrecilla caminaba a pasos pequeñísimos e inciertos, y tintineaba como una rama de altramuces sacudida por el viento. Y es que llevaba un vestido ajustadísimo e iba cargada de metales, todos obra de Dedos Brillantes. Al fijarme bien pude ver que todos me representaban a mí: llevaba *Bigotes de Luna* de plata colgados de las orejas, un gran *Bigote de Luna* enrollado en el brazo como una serpiente, y otro de oro y con los ojos de lapislázuli que se le balanceaba sobre el pecho.

—¡Tu *Tnupri Segundo* es más hermoso en la realidad que cubierto de oro y plata! —exclamó Paso Tintineante mientras me acariciaba bajo la barbilla.

—¡Oh, noble Sati! —dijo entonces Dedos Brillantes sin levantar ni un momento los ojos del suelo—. ¡Que te haga tan feliz a ti como a mí al concederme la sagrada inspiración!

Y al decir esto me levantó en vilo y me dejó en brazos de Paso Tintineante, que, tilín, tilín, un pasito tras otro, me llevó con ella.

Cuando dejé a aquel pobre hombre, pensé que, al quedarse sin mono y sin gato, pasaría todo el día rascándose la cabeza con el cálamo para ver si así se le ocurría alguna buena idea. Pero luego me enteré de que alguien le había llevado una vaca blanca y negra y que volvía a tener mucho trabajo modelando pezuñas y cuernos vacunos.

Lo vi una vez más, por casualidad. Estaba junto a una fuente en la que me había detenido a beber. Tuve la impresión de ser tan transparente como el agua, porque no me dirigió la palabra ni para saludarme. Entonces, el muchacho que lo acompañaba le preguntó:

—Maestro, ¿éste no es tu *Tnupri Segundo*, el ser sagrado que te inspiró durante tanto tiempo?

Él contestó:

—La inspiración que tengo ahora es la única sagrada y verdadera. Ya no recuerdo lo que me inspiró antes.

¡Pobre Dedos Brillantes! Su equilibrio debía de ser tan malo como su memoria, porque al decir eso resbaló en un charco y cayó de bruces en la fuente.

Mi nueva casa era precisamente el lujoso palacio que tantas veces había visto desde la escuela y, más tarde, desde el taller de metales. Un edificio enorme, construido con gran derroche de espacio. «Mira por dónde —pensé—, los ricos tienen tan poco equilibrio como los pobres, pero al menos cuentan con más espacio para caer, y así se hacen menos daño.»

En el palacio me servían y reverenciaban el doble e incluso el triple que en los demás sitios. No obstante, a la larga todas esas atenciones me molestaban un poco. Sobre todo, me tenía hasta los bigotes Paso Tintineante, con tantas carantoñas: que si «*Iri* por aquí», que si «*Iri* por allá»... Siempre estaba mimándome. *Iri* era mi nuevo nombre. En la lengua de pueblo del Nilo significa «ojo». Y es que la joven repetía sin parar que mis ojos eran preciosos. Ni una sola vez se le ocurrió decir: «¡*Iri*, qué hermoso es tu bigote blanco!»

Pero es que Paso Tintineante sólo se fijaba en los ojos de la gente, por los que tenía una verdadera obsesión. De hecho, no sólo se pintaba los suyos de negro para que pareciesen más grandes y bellos de lo que en realidad eran, sino que, además, las personas sin ojos bonitos ni siquiera existían para ella. Y eso era una auténtica injusticia. Por ejemplo, había un jardinero que tenía una nariz recta muy hermosa y, encima, unos ojillos oscuros. Ojillos era muy amable con Paso Tintineante. Cuando la veía, se ponía a cuatro patas y caminaba de esa forma para llevarle en la boca unas flores amarillas muy bonitas. Pero ella las tiraba a un lado sin olerlas siquiera. Luego le decía:

—¡No te atrevas a mirarme con esos ojos!

Entonces él cerraba sus ojillos, pero no se iba. Se quedaba allí con la cabeza bien alta y exclamaba:

—¡Eres muy bella, noble Sati!

—¡Cómo lo sabes, si tienes los ojos cerrados! —replicaba.

—Pero tengo abiertos los del alma.

Aun así, ella lo echaba de malos modos. Y digo yo: ¿qué le habría costado comprobar si el alma del joven también tenía ojillos como aquéllos o no?

A veces ocurría que yo ya no aguantaba los arrumacos de Paso Tintineante, de modo que le propinaba un buen arañazo en la poca piel que no estaba cubierta de metales. Entonces ella se chupaba la sangre y decía, muy contenta:

—¡*Iri* me ha concedido su atención! ¡Eso quiere decir que pronto veré a Mekethi! ¡A mi Mekethi!

Al principio yo ni siquiera sabía quién era el tal Mekethi. Por eso sacudía la cola de un lado a otro como una fusta para bueyes y me escapaba al jardín. El jardín era hermosísimo y, en general, allí nadie me molestaba. Desde luego, de vez en cuando Ojillos o cualquier otro jardinero se inclinaba a mis pies y permanecía de rodillas hasta que yo me iba corriendo detrás de alguna mariposa. Entonces siempre me gritaban:

—¡Que tengas buena caza, ser sagrado!

Y si se trataba de Ojillos, yo respondía amablemente:

—¡Y tú, buen trabajo, Ojillos!

Porque a mí me caía muy bien. Aunque no se los había visto, estaba segurísimo de que los ojos del alma los tenía preciosos.

Cuando no perseguía mariposas, me entretenía con las lagartijas que había debajo de las piedras. En cuanto veía moverse algo, metía la zarpa bajo una piedra que estuviese al sol y, ocho de cada diez veces, salía alguna huyendo. Pero era mejor cazarlas que comérselas. Al comérmelas siempre me pasaba lo mismo, y es que, al ser un poco duras de masticar, me las tragaba vivas, aunque corría el riesgo de que la cola se me quedase atascada. Incluso una vez estuve a punto de ahogarme. Tuve que escupir la lagartija, que en un visto y no visto desapareció bajo una piedra. Al instante me entró una profunda nostalgia de ella, tanta que casi me puse a llorar porque no estaba en mi estómago. Es que a menudo me dejo llevar por los sentimientos porque, aunque soy un gato, tengo un corazón tan grande como el de un buey.

En el jardín se podían hacer un montón de cosas. Pero lo que más me gustaba, con diferencia, era dormir. Cuando Ra estaba en lo más alto del cielo, me quedaba siempre dormido entre sus cálidos brazos. Me olvidaba de todo: de *Ghib*, de *Tnupri Segundo* y de *Iri*, y tenía sueños buenísimos. Una vez, por ejemplo, soñé que era tan grande como un árbol y que los hombres saltaban a mi alrededor como gorriones en las ramas, diciendo: «¡Ser sagrado, concédeme tal cosa!», o bien: «¡Ser sagrado, que se me cumpla este deseo!» Entonces yo exclamaba: «¡Sólo complaceré a Ojillos!», y le daba un par de ojos extraordinarios para que pudiera tenerlos bien abiertos delante de Paso Tintineante. Me desperté de aquel sueño muy contento, ronroneando.

No sé en qué momento empezó Paso Tintineante a hablarme entre llantos. El problema era aquel Fangoso que ella llamaba Mekethi. Bueno, no, el problema era el padre de Paso Tintineante, que no quería que se viese con aquel tipo. Yo pensaba que él tenía toda la razón, porque el Fangoso era pequeño y jorobado, y siempre llevaba las manos manchadas de arcilla. Tenía unos ojos grandísimos, pero, aparte de eso, era un ser repulsivo, que además fue el causante de mi ruina. Sin embargo, Paso Tintineante estaba perdidamente enamorada de él, y el poco cerebro que poseía se le estaba chamuscando en una sartén de plata.

—¡Ay, *Iri*, *Iri* mío! —sollozaba—. ¡Si no puedo tener a Mekethi, no vale la pena vivir! ¿Por qué habré nacido hija del faraón? ¿Y por qué la hija del faraón no puede amar a un vasallo? ¿Y por qué amar a un vasallo sería revolcarme por el fango?

—Porque ése está nadando en fango..., o en barro..., o en arcilla —decía yo.

Pero la pobrecilla no me escuchaba y seguía con su llantina:

—¡Oh, poderoso Amón, sugiéreme tú el camino que debo tomar!

Pero el tal Amón no sugería nada ni sobre el Fangoso ni sobre ninguna otra cosa. Es más, a decir verdad, ni siquiera se planteó nunca asomar la nariz, aunque siempre estuviese en boca de todos.

Ocurrió que Paso Tintineante, una mañana que estaba más triste de lo habitual, se puso a preparar una comida con hierbas extrañas, ¡ella, que no sabía hacer otra cosa en todo el día que tintinear! Aquello debería haberme resultado sospechoso, pero qué quieres... Ra había teñido de amarillo el hermoso jardín, donde ligeras mariposas blancas se dejaban transportar por una brisa cálida como el aliento de un gato. Aquella mañana había agarrado unas pocas, más dos lagartijas que se habían deslizado por mi garganta con tanta suavidad como si fuesen gotas de lluvia. En resumen, me sentía tan feliz al aire libre que, cuando Paso Tintineante se acercó con la comida, corrí a su encuentro ronroneando. Ni siquiera caí en la cuenta de que la papilla de hierba tenía un gusto extraño y de que ella se había servido en otro cuenco y también estaba comiendo. No lo comprendí hasta que me tomó en brazos y dijo:

—¡Adorado *Iri*! Dentro de poco bajaré al Reino de las Sombras y tú vendrás conmigo. No tengas miedo: mi padre nos dará todo lo necesario para el viaje; no pasaremos ni hambre ni sed. ¡Sin Mekethi, la vida en el Nilo ya no me gusta!

¡Pobre de mí! ¡Mucho ser sagrado, mucho adorado *Iri*, pero la tonta aquélla me había envenenado y, lo que es peor, por culpa del mugriento Fangoso! ¿Por qué no se había envenenado sola? ¿Qué tenía yo que ver con todo aquello? Me habría gustado patalear, bufar, arañar y luego salir pitando, pero me parecía que el palacio entero se me estaba cayendo encima, y ya no podía moverme. El jardín teñido de amarillo se volvió gris, las mariposas desaparecieron, Paso Tintineante dio un suspiro y relajó los brazos que me sujetaban. Yo rodé hacia abajo, hacia abajo, hasta caer en una noche tan negra que ni siquiera resplandecía mi bigote de luna.

Así acabó mi primera vida en el valle del Nilo. En tiempos más recientes he oído por ahí que aquélla fue una de las civilizaciones más grandes que han existido. Pero yo diría que fue la más grande de todas y punto. A no ser que haya habido otra en la que el gato fuese un ser sagrado.

Por eso, a veces me acuerdo de aquella época con nostalgia. Es inevitable, la primera vida no se olvida nunca.

2

Cuando volví a abrir los ojos, lo vi todo negro y pensé que había llegado al Reino de las Sombras. Pero la oscuridad estaba caliente y suave, y en alguna parte un corazón latía exclusivamente para mí. O eso me pareció.

«¡Qué bonito! —pensé—. ¡En el Reino de las Sombras he vuelto a encontrarme con mamá!»

Tuvo que pasar algún tiempo para que descubriese, durante una de mis exploraciones, que no me hallaba en el Reino de las Sombras, sino en una tierra rodeada de mucha agua. Siempre tenía la panza llena de leche tibia, me peleaba con mis hermanitos y ronroneaba cuando estaba en el regazo de mi madre. No había duda: había empezado una nueva vida.

Lo primero que hice cuando dejé a mi familia fue bajar de la peña en la que había nacido para ir a ver el agua de cerca. Desde arriba, justo en la entrada de la gruta que había sido mi casa, la extensión de agua parecía tan grande como el cielo.

Entonces aún no sabía que se llamaba mar. Al aproximarme descubrí que aquel cielo se agitaba sin parar, y que sobre él rodaban jirones de nubes blancas que luego se deshacían con mucho ruido. Era una maravilla digna de ver, pero no me atrevía a entrar en ella. Me quedé allí agazapado, mirando toda aquella agua viva que, de vez en cuando, se acercaba a saludarme con unas salpicaduras en la cabeza.

«Es exactamente un cielo al revés —pensé—. Seguro que dentro, en alguna parte, hay otro sol y otra luna. Y quizá hasta otras estrellas.»

¡Y tenía razón! Me di cuenta cuando vi que se movía delante de mí una estrellita amarilla y empapada. La volteé con la pata y traté de darle un lametazo. Estaba áspera y salada, pero cuando iba a probarla otra vez llegó una ola y se la llevó. No me apetecía ponerme a discutir con el agua, así que lo dejé correr. Pero ¿qué importancia habría tenido que me comiese una estrellita? Una más, una menos... Quién sabe cuántas habría dentro del mar. Desde luego, no era el sol, que sólo hay uno. Al sol y a la luna marinos los habría dejado en paz, aunque los hubiese visto rodando por la orilla.

Luego me decidí a meter por lo menos las zarpas en el agua. Entonces busqué mi imagen, pero con todo aquel movimiento no pude verme reflejado como la otra vez, en el Nilo. ¡Qué pena! No podía saber si seguía siendo *Bigote de Luna*.

Al principio de andar solo por la isla, sobrevivía cazando lagartijas, arañas o ratones, pero al poco tiempo esa dieta empezó a aburrirme. Me preguntaba si dentro del mar, como pasaba en el río, habría peces sabrosos. Y al pensar en mi idea del cielo al revés, me decía: «O hay peces o hay pájaros, y quizá no se oye cómo gorjean por el ruido que hace el agua.»

Ambas cosas me iban bien. Sin distinciones que habrían podido herir la sensibilidad de unos u otros.

Cuando conocí a Olor a Pescado, por fin pude descubrir lo que tanto me intrigaba. Olor a Pescado llegaba todas las mañanas del mar en una barca llena de peces brillantes. Él y el niño que lo acompañaba pasaban horas en la playa con las redes en la mano, mientras todo aquel tesoro de plata estaba a resguardo en el bote. Entonces yo saltaba dentro para ver si podía ayudar en algo. Algunos peces me daban mucha pena porque aún movían las aletas. Ya he dicho antes que suelo dejarme llevar por los sentimientos, así que, con lágrimas en los ojos, le decía a uno de los que se agitaban:

—¡No puedo seguir viendo cómo sufres!

Le daba un mordisco y luego salía disparado con él en la boca, esperando que hubiese dejado de padecer. De esa forma llegué a aliviar el sufrimiento de muchos peces, hasta que un día Olor a Pescado me vio saltar a la barca y empezó a vociferar:

—¡Ah, maldito gato negro! ¡Condenado gato ladrón! ¡Ahora te vas a enterar!

Yo, que ya tenía un pez en la boca, intenté gritar:

—¡Quieto! ¡Soy un ser sagrado!

Pero el hombre agarró la red para atraparme como si yo fuese uno de aquellos pobres peces. No tenía sentido tratar de explicarle a aquel vejestorio cruel el bien que yo les hacía a aquellas criaturas agonizantes, de modo que eché a correr. Pero, por desgracia, él me cortó el paso, y en un momento tuve la red encima. Entonces me sujetó con las dos manos por la barriga y, en un periquete, me arrojó al mar.

Sentí un frío repentino y un terror indescriptible por toda aquella agua viva. Pero era más fuerte el miedo a volver a estar delante del viejo, así que empecé a moverme como pude mientras oía su vozarrón:

—¡Maldito gato! ¡Si sabe nadar!

No sé cómo conseguí llegar a la playa. Todavía estaba recuperando el aliento cuando, de pronto, vi al niño con un palo detrás de mí. Entonces le grité:

—¡No te atrevas a tocarme, soy un ser sagrado!

Pero él dio un bastonazo que pude esquivar por los pelos. Así que salí pitando como gato por ascuas y, corre que te corre, el Apaleador estaba a punto de alcanzarme cuando aparecieron frente a mí muchos hombres con carretillas. De un salto me introduje en una de ellas y me encontré rodeado de piedras relucientes. Por suerte, el Apaleador no me vio y un momento después se marchó con el palo entre las piernas.

Así fue como logré salvarme y también como descubrí que ya no era un ser sagrado. No era más que un maldito gato negro, un condenado gato ladrón. Sin embargo, aquellos hombres no eran diferentes de los que había conocido en el valle del Nilo: poseían una cabeza, dos ojos, dos manos y dos piernas sobre las que se mantenían a duras penas. En resumen, eran los mismos desequilibrados.

Estuve un rato escondido en la carretilla, hasta que, agotado por todos aquellos acontecimientos, me quedé dormido. El caso es que cuando me desperté ya no tenía el pelo húmedo, sino tieso y salado, y ya no estaba en tierra firme. Conocía aquella sensación: me hallaba en una barca, pero no podía ver el agua. Lo único que había a mi alrededor eran carretillas llenas de piedras resplandecientes. Decidí echar una ojeadita por allí a escondidas, cuidando de que no me viesen. Desde luego, estaba claro que con la historia del ser sagrado ya no conseguiría meter en la olla más que un par de ratones.

¡Iba en una barca grandísima! En ella crecían árboles en que, en lugar de hojas, colgaban sábanas. Luego me enteré de que aquella barca se llamaba velero y las sábanas, velas, pero los árboles tenían varios nombres: los denominaban indistintamente, palos y mástiles. En la embarcación había hombres atareados por todas partes. Dos de ellos se afanaban con las cuerdas que pendían de los troncos sin hojas mientras decían:

—¡Que Tinia nos proteja! ¡Aquellas nubes negras de allí llevan saetas en el vientre!

—¡Roguemos a Tinia el poderoso que no nos las envíe y que nos conceda llegar sanos y salvos al puerto de Populonia!

—Mejor roguemos que Tinia sea más poderoso que Amón, porque si no... —repuse yo.

De todas formas, estoy convencido de que hasta el Tinia ése nos habría permitido arribar a puerto sanos y salvos si aquellos pedazos de alcornoque que iban a bordo no hubiesen visto de repente otro gran velero a lo lejos. Entonces ocurrió la catástrofe.

—¡Los siracusanos! —gritó uno.

En un momento, los dos barcos estuvieron muy cerca. Los hombres del nuestro saltaron al otro blandiendo espadas y palos que ardían por la punta. Luego hubo llamas, gritos y sangre. Pero no fue primero una cosa y luego otra, sino todo a la vez: las llamas se mezclaban con los gritos y éstos con la sangre. El efecto era terrorífico. Muchos de los palos con fuego caían en el mar, y eso fue lo que más miedo me dio. Me olvidé de que estaba escondido y empecé a gritar:

—¡Locos, que estáis locos! ¿Es que queréis incendiar el mar? ¿Queréis quemar los peces? ¿Queréis destruir el sol marino?

La idea de que el sol marino se apagase y el agua azul se tornase negra me aterraba tanto que creí que iba a volverme loco yo también. Seguí chillando y corriendo por todas partes con la cola hinchada como la flor del diente de león. Pero entre tantas llamas nadie me hacía ni una chispa de caso. Parecía que todos habían perdido de verdad la cabeza. Mientras tanto, el otro velero estaba ardiendo como una hoguera en mitad de un estanque.

Algunos hombres se tiraban al mar gritando. Quién sabe el susto que les darían a los pobres peces. Otros se caían y no se levantaban. En mi opinión, no habrían podido caminar ni a cuatro patas.

Yo ya estaba empezando a hartarme de todo aquel caos y, como nadie quería mis consejos, decidí que continuar gritando era desperdiciar saliva, así que me callé y fui a acomodarme en mi carretilla. Al cabo de un rato el jaleo terminó y se hizo un gran silencio. En la estancia en que me encontraba entraron algunos hombres, que llevaban a otros atados y un montón de vasijas rojas. Uno de los de nuestro barco tenía una mano ensangrentada que le colgaba del hueso como una lengua. Sin embargo, estaba muy contento, como si en vez de haberle arrancado la mano le hubiesen pegado otra de regalo. Se volvió hacia los que iban atados y dijo:

—¡Ahora ya sabéis quiénes somos los etruscos! ¡Somos los señores del hierro y del mar!

Entonces, uno de los prisioneros le susurró a su compañero:

—¡Piratas, eso es lo que son! ¡Se han quedado con todas las ánforas y nuestro buen vino!

La verdad, como de costumbre, sólo la sabía yo, y era ésta: en primer lugar, tenía mucha hambre y, en segundo, ni las vasijas rojas ni las piedras relucientes eran comestibles, por desgracia. Debía bajar de aquella barca de locos cuanto antes.

El hambre me tenía extenuado. Me había dormido otra vez cuando una sacudida me despertó de mis sueños. La carretilla se movía y estábamos en una playa oscura que brillaba bajo el sol como un cielo nocturno sin nubes. De repente sentí que me sujetaban del cogote.

—¡Bienvenido a Populonia! —exclamó una cara con una barba puntiaguda. Luego se volvió a Mano Colgando, que empujaba una carretilla con la mano que conservaba entera, y le dijo—: ¡Eh, tú! ¿Sabías que llevabas un polizón a bordo?

Él se encogió de hombros mientras se pasaba la lengua por los labios. Es decir, la lengua de verdad, porque la que le colgaba de la muñeca se la había sujetado al pecho por miedo a perderla. Desde luego, si se le hubiese caído en la arena, ¡cualquiera la habría encontrado después! Barba de Punta me tomó en brazos y empezó a acariciarme.

—Es un buen gato negro. Me lo llevaré a la fundición para tener compañía.

Así fue como me hice amigo de Barba de Punta, que nunca me trató como a un ser sagrado, pero al menos no dejó que me quedase ni un solo día sin un poco de leche de cabra y unas sobras de pescado fresco, dos buenas razones para entablar una hermosa amistad.

La mujer de Barba de Punta tenía la piel de la cara tan marrón y arrugada que parecía corteza de pino. La primera vez que Piel de Corteza me vio, dijo:

—Larth, ¡este gato es tan negro y lustroso como el betún!

—Tienes razón, Thana —le respondió él—. Lo llamaremos *Betún*.

Por aquel entonces yo no sabía que el betún no era un animal, sino una clase de barro negro. Por eso estuve mucho tiempo esperando toparme con uno para darle su merecido. Por su culpa tenía que llevar yo aquel asqueroso nombre.

El oficio de Barba de Punta era transformar las piedras relucientes en panecillos de hierro. Cargaba en el puerto las piedras, que procedían precisamente de la isla en la que yo había nacido. Luego las transportaba a su taller, las rompía y las cocía en hornos. Su casa siempre estaba tan llena de humo negro que, aunque yo hubiese sido blanco, habría acabado más negro de lo que ya era.

Algunos días, Barba de Punta iba al mercado a vender sus productos. Una vez regresó con un obsequio para Piel de Corteza. Era un espejito de mano realizado en bronce. Le contó que lo había trocado por tres panecillos de hierro, y todo para que ella pudiera verse bien el rostro. Yo pensé que podría habérselos ahorrado si hubiese llevado a su mujer al jardín para que pudiera ver bien el tronco del pino más cercano. Piel de Corteza se puso muy contenta con su regalo y estuvo un buen rato contemplándose la cara marrón. Luego me colocó delante el espejito y dijo:

—¡Mírate, *Betún*! ¿Qué dices? ¿Te gusta tu hocico negro?

De repente, me vi a mí mismo dentro del círculo brillante. Fue todo un alivio: ya no era un ser sagrado, pero seguía siendo *Bigote de Luna*.

«¡Desafío a cualquier betún a que demuestre que tiene un bigote tan bonito como el mío!», pensé. Luego me quedé dormido mientras ronroneaba y soñé que pillaba un betún y le daba una buena tunda.

Un día, Barba de Punta me llevó con él al mercado. Nunca había visto tantas personas, tantos animales y tantas cosas, todo junto. Hacía mucho calor. De lejos, los hombres y las cosas temblaban como si no fuesen más que imágenes reflejadas en un río transparente.

Por encima de las cabezas sudadas asomaba una rayita de mar azul como un único ojo abierto. Recordé el baño fresco que me había obligado a tomar Olor a Pescado y sentí unas ganas irresistibles de meterme en el agua, así que corrí hasta la playa y, sin pensármelo dos veces, me lancé al mar.

«¡Qué alivio! —dije para mí—. ¡Sólo espero no toparme con el sol marino y que éste me queme también!»

Sintiendo la frescura del agua, me puse a nadar con fuerza hasta que una mano me agarró de repente. Los rayos del sol me pincharon en los ojos.

—¡Oh, gran Nethuns, te doy las gracias! —dijo alguien.

—¿Por qué das las gracias? —preguntó otra voz—. ¡Hoy no has podido vender ni la mitad de tus patos!

—Es verdad, pero se me murió mi fiel *Vel* y ahora el dios del mar me lo ha devuelto. Este gato negro ya es un excelente nadador. ¡Enseñarle lo demás será coser y cantar!

Cuando me sacudí el agua del pelo y abrí los ojos, vi a dos hombres en una barca llena de pájaros muertos y atados por las patas. Como soy tierno de corazón, enseguida les tomé cariño a aquellos animales. Pensé: «¿Estarán bien muertos o a éstos también habrá que aliviarles los últimos sufrimientos?»

Para cerciorarme, empecé a lamer de buena gana la cabeza de uno de ellos.

—¡Mira, si ya tiene talento! —dijo riéndose el hombre de la piel de bronce.

—¡Bueno, no hay gato que carezca del talento de comer! —replicó el otro.

Luego la barca se metió mar adentro. Mientras miraba cómo iba alejándose la orilla, vi una figurita con la barba puntiaguda que corría de un lado a otro llamando a voces:

—¡*Betún*! ¡*Betún*!

¡Pobre Barba de Punta! Sólo le respondieron el mar y las gaviotas.

Piel de Bronce me enseñó a cazar los patos salvajes que vivían en el lago. Capturarlos era bastante fácil: los espiaba agachado en la barca, quieto como una estatua, y cuando veía uno nadando en el agua, me lanzaba sobre él a toda velocidad y le mordía el cuello. Lo único difícil era no comérselo de inmediato. Y lo que quería Piel de Bronce era precisamente que volviese con la presa intacta. Pero si resistía la tentación, me daba un premio.

—¡Muy bien, *Vel*! —me decía—. ¡Un pato para mí y un pescadito para ti!

Así que me quedé con él, porque siempre tenía todo el pescado que deseaba y porque el nombre de *Vel* me gustaba por lo menos tres veces más que el de *Betún*. Eso sin contar con que atrapar pájaros acuáticos es mucho más emocionante que atrapar mariposas. Vamos, que no hay comparación: las mariposas son mudas y, al masticarlas, crac, crac, parecen hojas secas; los patos, en cambio, te dan mucha satisfacción cuando los agarras, porque montan un escándalo. Y luego, una vez que los tienes entre los dientes, son blandos y cálidos como dunas de arena.

Piel de Bronce estaba muy contento conmigo. Una vez, mientras subía a la barca con un pato que era casi el doble que yo, me dijo:

—Eres mucho mejor que mi anterior gato: se me fue media vida en adiestrarlo. ¡Pero tú, se diría que llevas en la sangre el instinto de cazar patos!

No quise contradecirlo porque, de todas formas, me había gustado el cumplido. Pero el instinto de cazar patos no lo tenía en absoluto en la sangre. Más bien lo tenía en el estómago.

Una mañana Piel de Bronce se despertó con los ojos brillantes y acuosos, y no fuimos a cazar. Se quedó en la cama unos cuantos días, maldiciendo no sé qué mosquito, y luego murió. Un viejo acudió para llevárselo. Dijo:

—¡Otra víctima de la malaria del lago Prile! ¡Te salta encima cuando menos te lo esperas!

A decir verdad, yo nunca había visto a esa Malaria del lago. Es cierto que a veces, por la mañana temprano, había una neblina tan densa que tenía que abrir mucho las pupilas para ver algo. Entonces podía confundir un tronco flotante con una hembra de pato, que son marrones. Pero si la tal Malaria hubiese saltado sobre Piel de Bronce cuando estábamos en la barca, estoy seguro de que, al menos, habría sentido el balanceo.

De todos modos, me asustó tanto que también pudiese matarme a mí a traición, que huí lo más lejos posible del lago. Corrí y corrí durante muchos días. De noche cerraba un solo ojo para dormir porque no podía quitarme el miedo de encima. De hecho, esperaba que de un momento a otro apareciese la sombra gigantesca de la Malaria.

Pero una noche no aguanté más y cerré los dos ojos. Entonces tuve una pesadilla terrible: soñé que me encontraba en la barca de Piel de Bronce, que rebosaba patos por todas partes. Estaba tan llena que cada vez se hundía más, pero a mí eso no me preocupaba porque sabía nadar. Sin embargo, de pronto vi a la Malaria, que saltaba gritando en el espejo del lago como si se tratase de tierra batida en vez de agua. Agitaba unas manos con uñas larguísimas y estaba a punto de abalanzarse sobre mí. Pero entonces me desperté, justo un momento antes de que pudiese atraparme. Tuve mucha suerte.

Una noche, cuando ya me encontraba bastante lejos del lago, vi un camino de piedras y un carro dorado del que tiraban dos grandísimos animales blancos. Tenían pezuñas negras, como las de las vacas, y un cuello esbelto con el pelo largo y blanco, como el de los hombres viejos. Sentí una gran curiosidad por saber adónde iría el carro con aquellos animales tan extraordinarios, así que me subí a él. Era comprensible: ahora estoy de caballos hasta las orejas, pero entonces nunca los había visto y me produjeron una fuerte impresión.

Dentro de la carreta había una chica despierta y un viejo dormido. La joven iba cargada de metales, como Paso Tintineante. Pero creo que los habría dado todos con gusto a cambio de parecerse sólo un poco a la bella Paso Tintineante. Llevaba el cabello peinado en forma de serpientes oscuras, que reptaban alrededor de su fea cara y le colgaban por la espalda, seca y curvada. El conjunto era una buena porquería, pero sin nada de bueno.

En cuanto me vio, Pelo de Serpiente dijo:

—¡Papá, despierta! ¡Un gato negro ha subido al carro!

—¡Un gato! —exclamó el viejo, mostrando una boca oscura y sin dientes—. ¡A lo mejor es una señal de Tinia!

—¿Podemos quedarnos con él? —preguntó la chica—. ¡Nos proporcionará buenos oráculos!

—Sea —accedió Boca Oscura con un suspiro—. ¡Un buen oráculo es precisamente lo que necesito para seguir adelante!

Pero, en mi opinión, para seguir adelante necesitaba, más que nada, unos buenos dientes. Porque sin poder masticar no se come y sin comer no se va ni hacia delante ni hacia atrás.

Junto a Pelo de Serpiente y Boca Oscura viajé en el carro dorado a través de bosques y campos durante varios días. De vez en cuando nos deteníamos en algún pueblecito para descansar o comer.

La comida era vomitiva: una bazofia a la que llamaban sopa de farro y que me daba ganas de levantar la cola y dejarla salir directamente, sin que pasara por la barriga.

Al final, una mañana temprano, nos detuvimos frente a una gran casa de ladrillos con una fachada de columnas y tres caballos falsos en el tejado. Una obra de mal gusto, si es que a alguien le interesa mi opinión. Un hombre con un sombrero que recordaba a un velero apareció por la puerta. Boca Oscura y Pelo de Serpiente se inclinaron ante él. El viejo dijo:

—¡Salve, oh, poderoso Aule! Hemos venido a tu templo desde nuestra lejana ciudad para recibir un vaticinio sobre el futuro del pueblo etrusco.

Cabeza de Velero lo escuchó sin decir palabra. Mientras tanto, mi estómago rugía como un mar en la tempestad. Me pregunté si en la casa de mal gusto habría ratones. Tenía tanta hambre que me los habría zampado todos, aunque también fuese de mal gusto.

Por eso me alegré mucho cuando Cabeza de Velero nos dejó pasar. Boca Oscura dijo:

—¡Te lo suplico, Aule, dinos si el pueblo etrusco vivirá para siempre en libertad o si nuestros enemigos romanos, que ya amenazan varias de nuestras ciudades, nos reducirán con su poder!

Pelo de Serpiente se echó a llorar y exclamó:

—¡Los romanos violan a las mujeres! ¡Te lo ruego, danos un buen augurio!

Padre e hija miraron en silencio a Cabeza de Velero, esperando alguna respuesta. Pero él, en

lugar de contestar, se puso a tararear una can-
cioncilla con los ojos cerrados. Entonces yo aprove-
ché para dar una vuelta por la casa y ver si había
algo que desayunar, pero no encontré nada de nada.
Al regresar al vestíbulo, vi que Cabeza de Velero
hurgaba con un cuchillo en el interior de una oveja
muerta. Quién sabe de dónde había salido aquella
pieza.

«¡Ah! —pensé—. ¡Ya está aquí el desayuno!
¡Y ni siquiera me han invitado!»

Fue visto y no visto: me abalancé sobre un buen
pedazo de las entrañas de cordero que el hombre
acababa de dejar en el suelo. Lo atrapé como si
fuese un pato salvaje y escapé con él. ¡Trágame
tierra! Cabeza de Velero empezó a aullar como un
loco:

—¡El hígado sagrado! ¡El hígado sagrado!

Y Boca Oscura gritaba más fuerte todavía:

—¡Nuestro augurio! ¡Nuestro augurio!

Pero ¿por qué se entrometía en mi desayuno,
él, que con aquella boca desdentada no podía masticar ni la sopa de farro? Bueno, no me avergüenza
decir que aquel augurio estaba buenísimo. No terminaba de lamerme los bigotes, escondido debajo
del carro. Pelo de Serpiente salió poco después de
la casa con su padre, diciendo:

—¡Pobres de nosotros! ¡Lo que el gato negro
nos ha anunciado es un mal presagio!

—No sabemos si de verdad era malo —replicó
entonces Boca Oscura levantando las cejas—, porque el sacerdote no ha podido leer bien el hígado.
Por eso debemos resignarnos: ¡nuestro destino se-
guirá siendo un misterio!

—A menos que... —dijo entonces Cabeza de Velero, que se había presentado de improviso, cuchillo en mano—. A menos que consigamos encontrar al gato y abrirle la barriga. En tal caso, el destino del pueblo etrusco volvería a salir a la luz.

Al oírlo se me erizaron todos los pelos de la cola. Salí pitando de debajo del carro con un gran salto, pero fui a dar justo con las sandalias de Cabeza de Velero. Me escurrí entre sus piernas lo más rápido que pude, pero él se enredó con mi cola y cayó al suelo de espaldas, con un fuerte golpe. Entonces eché a correr como gato por ascuas, rápido como el viento, a pesar de que el destino del pueblo etrusco me pesaba un poco en el estómago.

Durante un tiempo viví en la soledad de los bosques, asaltando los nidos de los pájaros e intentando que no me atacasen los jabalíes, que de vez en cuando aparecían de repente de detrás de los arbustos haciendo mucho ruido. Aquellos jabalíes apestosos me fastidiaban tanto que al final resolví subir al primer carro que viese para regresar a la ciudad. Esperé dos o tres días tumbado al sol en una carretera polvorienta y salpicada de agujas de pino, pero todo lo que pasó por allí fue una bandada de gaviotas volando bajo que anunciaba el mal tiempo y una culebra gris que perseguía a un lagarto. A mí me encantaban los lagartos y, como soy un sentimental, me tocó las narices que la culebra volviese a pasar ante mí con él en la boca.

«¡Mal rayo la parta! ¡Si el pobre hubiese conseguido escapar, ahora estaría crujiendo entre mis dientes!», pensé.

Luego estalló una tormenta y decidí ir andando a la ciudad. Había hecho más o menos la mitad del camino cuando vi a un niño al que le caía un reguero verde de la nariz. El Mocoso se dio cuenta de que yo estaba cansado y maltrecho, y entonces me acarició la espalda como si fuese un saco de harina.

—Voy a la ciudad —me dijo sorbiéndose el reguero—. ¡Es el lugar más bonito del mundo!

—La ciudad no es para nada el lugar más bonito del mundo —contesté yo—, pero por lo menos no hay jabalíes incordiando a todas horas.

En la ciudad, el Mocoso iba de puerta en puerta preguntando si podía ser útil en algo. En general le decían:

—¡Largo de aquí, tú y ese morrongo negro!

Pero a veces le encargaban trabajillos, como recoger leña para el fuego o ir al pozo a buscar agua, y luego le pagaban. El niño siempre quería que lo acompañase a todas partes. No sé por qué, pues yo no podía ni recoger leña ni transportar agua; como mucho habría podido dejarle limpia la nariz con una buena pasada de la cola, pero no sé si me habría gustado porque ése no era un trabajo remunerado.

Por otra parte, el Mocoso me ponía de los nervios porque me acariciaba siempre a contrapelo. Pero también me daba de comer y me llamaba

Ruva, que en la lengua de los etruscos significa
«hermano».

Él no tenía a nadie en el mundo, por eso decía:

—¡*Ruva*, *Ruva*, tú eres mi hermanito, porque,
si no, no tendría a nadie!

Un razonamiento bastante simple, pero que se
podía tragar si iba acompañado de un hueso de
pollo con mucho cartílago alrededor.

Una noche, el Mocoso me despertó llorando:

—¡Huye, *Ruva*, huye! ¡Los romanos han llegado a las murallas de la ciudad!

Yo no tenía claro de qué debía huir, pero en la
calle llovían piedras y estrellas de fuego. La gente
saltaba de la cama y abandonaba su casa sin ves-
tirse, con la ropa hecha un lío en la mano. El Mocoso también salió por pies, aunque no tenía una
casa de la que salir. Lo último que vi fue cómo de-
saparecía por el final de la calle limpiándose con
el brazo el reguero verde que le caía de la nariz.
Luego me golpeó una piedra en la cabeza, justo en
mi último pensamiento: «¡Al final, son peores los
romanos que los jabalíes!»

Pero ya era demasiado tarde para dar marcha
atrás.

Así acabó mi segunda vida con los etruscos, señores del hierro y del mar. Nadie sabe con certeza el
final que tuvo ese pueblo. Ni siquiera yo, aunque
me desayunase su destino de un bocado una mañana temprano.

3

De la pedrada en la cabeza me desperté una fría mañana de niebla. Estaba apretado entre dos gatitos dormidos, dentro de una cesta maloliente que se tambaleaba. Tenía hambre, sueño y, sobre todo, mucho frío. La cesta estaba cerrada, pero por los agujeros de la tapa entraban agujas de un fuego transparente que luego se derretían y se convertían en agua. Yo aún no sabía lo que era el hielo, y al principio creí que me hallaba en uno de los terribles lugares de penitencia de los que hablaba el pueblo etrusco. Según decían, la gente iba allí después de muerta y no encontraba más que sufrimientos y seres monstruosos. Pero cuando me miré la cola, vi que era un gusanillo oscuro, tan pequeño como el de los dos gatitos negros que dormían a mi lado.

«Ya estamos aquí de nuevo —pensé con cierto alivio—. He renacido.»

Cuando la cesta dejó de bambolearse, se acercaron unas voces. Lo que dijeron me dolió más que las agujas heladas que caían del cielo.

—No vale la pena quemarlos. ¡El fuego no puede nada contra Satanás!

—Sí, claro. Entonces, dime por qué no ha quedado de la madre más que un puñado de cenizas amarillentas...

—Con ella no podía ser de otro modo. ¡El diablo la había ungido con la enfermedad que ha apestado todo el país!

—Bueno, lo primero que conocerá esta camada maléfica que acaba de abrir los ojos al mundo será el agua, que purifica mejor que el fuego...

No llegué a oír nada más: la cesta se abrió bruscamente y un golpe de viento frío me heló la nariz. Vi unas manos peludas y unas uñas sucias, luego un cielo gris y unos árboles que parecían llorar. Alguien me lanzó al aire como un pájaro, y caí de cabeza a un agua negra y gélida.

Me hundía cada vez más en una oscuridad silenciosa, entre unas hierbas finas que me hacían cosquillas, cuando me acordé de que sabía nadar. Braceé hasta que vi la luz, luché contra la corriente y conseguí alcanzar la orilla. Me sacudí el agua de encima con un escalofrío, pero era una pérdida de tiempo porque del cielo continuaban cayendo pinchos helados. Entonces busqué refugio bajo uno de aquellos árboles llorones, pero el viento llevaba las agujas de hielo incluso hasta allí.

—¡Pero en qué sitio he ido a nacer! —le grité a una lechuza que regresaba de su caza nocturna.

Como la lechuza tenía prisa y no se molestó en responderme, fui a sentarme en una roca de la orilla del torrente. En ese momento vi pasar delante de mí a los dos gatitos dormidos. El agua los arrastraba como si fuesen dos renacuajos recién nacidos. Entonces comprendí que eran mis hermanos. Me dio mucha rabia y me desahogué haciendo pipí con fuerza contra el árbol llorón. Luego le grité:

—¡Te está bien empleado! ¡Ahora ya tienes un motivo para llorar!

Y yo, que tenía motivos de sobra para llorar, me puse a empujar las bellotas, que rodaron pendiente abajo, y luego me fui corriendo con la espalda arqueada, sin acordarme siquiera de llorar.

El sol no calentaba aquella tierra fría. Si por lo menos hubiese habido un mar, podría haber contado con un sol marino. Se sabe que la unión hace la fuerza y, en cualquier caso, dos soles calientan más que uno. Pero el mar había desaparecido. En cuanto a las mariposas y las lagartijas, a ver quién era el listo que las encontraba. En el bosque sólo vi algunas florecillas blancas, pero se necesitaba el estómago de una vaca para poder comérselas. Cuando ya estaba entumecido por el frío y el cansancio, vi de pronto un fuego encendido a lo lejos y me acerqué deprisa. Pero la hoguera se elevó un poco del suelo, y durante un segundo pensé: «¡Maldito viento! ¡Se está llevando al cielo mi fogata!»

Un instante después comprendí que aquello no era una fogata, sino el cabello de un hombre. Así conocí a Cabeza de Fuego, uno de los humanos más justos y equilibrados con que me he tropezado.

Cabeza de Fuego nunca habría podido perder el equilibrio, porque no andaba. Las piernas se le habían quedado pequeñas y delgadas, y él vivía como un auténtico rey: estaba todo el día sentado, como en un trono, en una silla de madera que se había fabricado él mismo y que tenía incluso un agujero para hacer las necesidades. Cuando viajaba, lo subían en la silla al carro del Silencioso, que era su hermano. El Silencioso también llevaba una vida muy cómoda, porque no se cansaba nunca dándole a la lengua. Y es que no tenía. De hecho, se la habían cortado, y en la boca sólo tenía un caracol enroscado. Pero sí que podía comer, y le encantaba el pichón asado. En cambio, lo que más le gustaba a Cabeza de Fuego eran las costillas de cerdo. Así que yo, entre uno y otro, conseguía en cada comida un montón de sobras riquísimas. En cuanto a las caricias, las obtenía sobre todo de Cabeza de Fuego. Yo pensaba que él debía de tener el corazón tan rojo y suave como el pelo. Siempre me acuerdo de lo primero que me dijo:

—Escúchame bien, gatito: este mundo no es para ti. Un gato negro tiene hoy la misma probabilidad de sobrevivir que un ciego haciendo equilibrios al borde de un precipicio. Por eso, si no quieres meterte en líos, sal sólo de noche, y de día quédate escondido dentro del carro. —Luego permaneció un momento pensativo y añadió—: ¡También te digo que, por la noche, como estaré despierto, te haré unos mimos!

• • •

Así empezó mi vida nocturna con los dos hombres, que de día viajaban continuamente y de noche acampaban en cualquier sitio. Cabeza de Fuego trabajaba la madera que el Silencioso recogía, y realizaba objetos para venderlos en las ferias. En las ferias discutían a veces, porque el mudo pensaba que vendían los productos por muy poco. O sea, digamos que sólo discutía Cabeza de Fuego, porque el Silencioso únicamente gesticulaba. Yo me maravillaba de que Cabeza de Fuego siempre pudiese entenderlo. Lo que ocurría era que, en cuanto vendía algo, aquel tacaño de su hermano se echaba las manos a la cabeza, como diciendo: «¿A ese precio? ¡Estás chiflado!»

Y hasta ahí se entendía bien. Entonces Cabeza de Fuego perdía la paciencia y empezaba a gritar:

—¡Basta, Gregor! ¡He convenido un buen precio, no podía pedir más!

Pero el Silencioso no paraba, y comenzaba a tocarse las orejas o a meterse los dedos en la nariz y en los ojos a lo loco. Y ahí, yo ya no lograba seguirlo por mucho que me esforzara. Cabeza de Fuego, en cambio, casi siempre lo comprendía y continuaba riñendo con él otra media hora. Pero al final hacían las paces, y eso sí que lo entendía porque se daban una palmada en la espalda. Entonces Cabeza de Fuego exclamaba:

—¡Eres mis piernas, Gregor!

Y el otro lo señalaba con el índice y luego se tocaba el caracol de la boca como diciendo: «¡Y tú, mi lengua!»

A mí se me escapaban unas lágrimas. Porque era conmovedor pensar que Cabeza de Fuego vivía con la piernas del Silencioso y que el Silencioso vivía con la lengua de Cabeza de Fuego, y, sobre todo, que yo vivía con las sobras de los dos.

En cuanto a mí, de día dormía en el carro, entre diminutos paisajes de madera colocados dentro de nueces, jaulas para pájaros (por desgracia, sin pájaros) y pequeñas mesitas con patas de caballo. De noche salía un poco a pasear, pero era prácticamente imposible cazar porque a esas horas todos los animales estaban en la cama. No obstante, una vez me acordé de la lechuza que había visto junto al torrente el día que me lanzaron al agua.

Entonces pensé que si acechaba a alguna lechuza y conseguía asustarla, tal vez soltara algo que yo pudiese echarme a la boca. Es decir, para entendernos, quizá se le escapara, qué sé yo, un ratoncillo, si abría el pico cuando me abalanzase sobre ella. Por eso me convertí en un gran acechador de lechuzas. A menudo, en lugar de ir de paseo, vigilaba subido a una hermosa encina.

Una noche vi una lechuza sobre una rama, muy cerca de donde yo me había escondido. Sujetaba un ratoncillo todavía vivo y me lancé sobre ella con las orejas bajas y las uñas fuera. Soltó a su presa, que rodó a los pies de la encina y salió pitando al instante. Antes de que yo pudiese bajar del árbol, ya había desaparecido. O sea, que le salvé la vida a aquel ratón, que de otro modo habría tenido un final tristísimo entre las garras de la rapaz. Lo digo para que se sepa lo tierno que puede llegar a ser el corazón de un gato negro.

Cuando volvía al carro después de mis emboscadas nocturnas, Cabeza de Fuego me acogía en su regazo y me rascaba detrás de las orejas. Una vez, mientras yo ronroneaba, dijo:

—No me creo todas esas tonterías que dice la gente de los gatos negros, porque si yo fuese el diablo y quisiera enmascararme, me escondería más bien en una paloma blanca. De todas formas, tengo que ponerte un nombre y *Teufelchen* es el más simpático que se me ocurre.

Desde entonces me llamó siempre *Teufelchen*, que en la lengua del pueblo germánico significa «diablillo». Pero lo decía en voz baja y únicamente cuando estábamos solos. No es que el nombre me resultara desagradable, es que seguía sintiéndome *Bigote de Luna*, aunque todavía no sabía con certeza cuál era mi aspecto.

Un día, Cabeza de Fuego construyó una cuna de cerezo que habría podido servir para un niño pequeño, pero que era para una muñeca. Por la mañana temprano, mientras me rascaba detrás de las orejas, me dijo:

—Pequeño *Teufelchen*, mañana vamos a la feria de Mainz. Habrá mucha gente y mucha confusión, pero no salgas del carro por nada del mundo, aunque te lo pida de rodillas el mismísimo káiser. ¡Prométeselo a tu Gottfried, que tanto te quiere!

Yo se lo prometí con un bostezo porque se estaba haciendo de día y se me cerraban los ojos. Entonces me metí en la cuna de cerezo, que estaba llena de paja blanda, y me quedé dormido con el suave balanceo de las ruedas de la carreta. Soñé que Cabeza de Fuego caminaba como todos los demás hombres mientras que el káiser apenas le llegaba a la cintura, porque iba de rodillas. El káiser me gritaba:

—¡Fuera del carro, *Teufelchen*!

Como de repente todo estaba ardiendo, yo saltaba del carro y buscaba a Cabeza de Fuego, pero entre tantas llamas no se veía su cabello rojo.

Sin embargo, el despertar fue peor que la pesadilla: ¡alguien intentaba ahogarme! Recordé que estaba dentro de la cuna y enseguida saqué las uñas para intentar salir. Pero seguían sujetándome bajo el montón de paja. Era la mano del Silencioso y, durante un instante, vi que el caracol de su boca se agitaba como para decirme algo. Luego oí a Cabeza de Fuego pactando la venta de la cuna y entonces lo entendí todo. Me quedé quieto y callado, esperando que nadie me hubiese visto. Con su lengua cortada, el Silencioso no había conseguido avisar a su hermano de que la cuna no estaba vacía, así que trató de ocultarme de la vista del cliente con la paja.

Cabeza de Fuego estaba de muy buen humor. Decía:

—¡Señor banquero, mire qué buen cerezo! ¡A este precio, está regalada!

—Sí —replicó el otro—, pero no sé si es buena idea regalarle a mi hija una cuna sin muñeca. ¡Por otra parte, no quiero gastar más!

—Entonces, ¡cómprele esta delicada mesita con patas de caballo, que se la vendo al mismo precio!

Mientras discutían, yo saqué un poquito la cabeza de mi escondite y vi al Silencioso gesticulando como un mono loco. Para explicar lo que ocurría, se había puesto a cuatro patas como un gato. Pero, por desgracia, las mesitas también tienen cuatro patas, de modo que Cabeza de Fuego dijo:

—Tienes razón, Gregor. La mesita es más cara: ¡he trabajado en ella tres días!

Creo que aquélla fue la única vez en que él no entendió a su hermano y yo sí.

Al final le vendieron la cuna a aquel tipo, que cuando hablaba soltaba ventoleras de ajo a más no poder. Por eso, en cuanto agarró la cuna, yo me retiré al interior en un segundo, como una tortuga asustada se mete en su caparazón.

Viento de Ajo tenía un aliento terrible que, sobre todo, le servía para abrillantar monedas. Para qué voy a contar lo unido que estaba a aquellas apestosas monedas. También tenía un amigo con el pelo como un nido de pájaros que llevaba una cruz al cuello. La casa de Viento de Ajo estaba al lado del lujoso palacio de Cabeza de Nido. Figúrate que, en aquel palacio, las mesas no eran de madera sino de mármol, y que los candelabros eran de oro y plata. Y en lugar de sillas, había filas y filas de bancos de madera, como para que pudiera sentarse un pueblo entero. Además, todas las ventanas tenían cristales de colores y en el tejado no había chimeneas, sino dos torres altísimas de las que, en vez de humo, salía siempre un sonido alegre, talán, talán. Cabeza de Nido iba a menudo a ver a Viento de Ajo y cada vez que lo encontraba dando soplidos a las monedas, exclamaba:

—¡Ludgerus, Ludgerus, esas monedas son caca del demonio!

Seguramente las había olido. Otras veces le decía:

—¡Ludgerus, Ludgerus, piensa en tu alma! ¡Hasta el káiser, que es el hombre más grande de todos, pasa su tiempo rezando de rodillas!

Pero Viento de Ajo se encogía de hombros.

A pesar de todas sus monedas, el hombre no se dignaba hacer muchos regalos. La cuna, por ejemplo, era por el cumpleaños de su hija, pero ella no se alegró demasiado de recibirla.

—¿Y qué hago yo con una cuna sin muñeca? —dijo.

—¡Precisamente! —respondió su padre—. Toma esta moneda. Si eres capaz de no gastarla hasta tu próximo cumpleaños, te daré otra, y así podrás comprarte la muñeca.

Entonces ella suspiró y se llevó la cuna a su habitación. Cuando estuve seguro de que nos hallábamos solos, salí por fin. En cuanto me vio, a la niña se le pusieron los ojos redondos como la moneda que le había entregado su padre y dijo:

—¡Si está aquí mi muñeca! ¡Tú dormirás en la cuna!

Después, mientras jugaba conmigo, seguía con aquellos ojos de moneda y me hablaba en voz baja. No quería que nadie conociese la existencia de su muñeca con cola.

—Si papá te descubre, *Püppchen*, no me dará otra moneda en mi próximo cumpleaños. Así que de día duerme cuanto quieras en la cuna y de noche ve a donde te apetezca.

Lo que ocurría era que de noche no podía ir a donde quisiese porque en la casa nunca había una sola ventana abierta por la que pudiera salir. ¿Y eso por qué? Porque Viento de Ajo las atrancaba todas por miedo a los ladrones. No quería entender que nadie desearía robarle aquellas monedas apestosas. Y de día, en la cuna de cerezo, no dormía ni un momento. Ojos de Moneda me despertaba continuamente para cepillarme la cabeza y ponerme lazos de colores alrededor del cuello.

No obstante, algunas veces conseguía librarme de ella y me iba a dar una vuelta por la casa a hacer mis cosas, a espiar a Viento de Ajo y sus monedas. Una vez también conseguí saltar por una ventana, milagrosamente abierta, al patio del palacio de Cabeza de Nido. Curioseé un poco por aquí y por allí, pero luego me entró mucha hambre.

Entonces, al ver que de las chimeneas no salía ni un hilo de humo, pensé que era mejor regresar al hogar crepitante de Viento de Ajo. Así que volví a entrar en casa a la chita callando. Sin embargo, Ojos de Moneda me sorprendió justo cuando saltaba al antepecho de la ventana, me agarró por el cogote y me gritó:

—¿Qué hacías en la iglesia del abad Pankratius? ¡No se te ocurra huir de mí otra vez!

Pero yo seguía largándome siempre que tenía la oportunidad. Cuando regresaba de aquellas salidas furtivas, encontraba a Ojos de Moneda fuera de sí. La muy pillina conseguía, sin excepción, atraerme hasta su cuarto con alguna golosina, y una vez dentro cerraba la puerta con llave, me metía en una jaula y me tiraba de la cola gritándome:

—¡Malo, holgazán, hereje! ¡Te pongo en la picota, te meto en la rueda, te cebo con agua con un embudo y después te obligo a abjurar!

En aquella época yo no sabía que sólo podían abjurar los hombres, en concreto, aquellos que optaban por renunciar a ciertas ideas religiosas para ir tras otras que estaban más de moda. En general lo decidían de repente, mientras alguien les hacía cosquillas en los pies con un tizón encendido o les acariciaba la cabeza con un martillo de hierro. Y en vez de decir: «¡Ay, ay!», decían: «¡Abjuro!»

Pero, en aquel entonces, yo creía que abjurar era una cosa totalmente distinta y que cualquiera que tuviese algo en el estómago podía hacerlo. Por eso, arañando y bufando, le gritaba a Ojos de Moneda:

—¡Ya está bien! ¡Oblígame a abjurar, pero déjame en paz la cola!

Pero lo suyo eran sólo amenazas porque, en realidad, nunca me obligó a abjurar del modo en que yo lo entendía. Sólo una vez abjuré por mi cuenta una tripa de cordero y fue porque estaba en mal estado. Después de abjurarla me sentí mucho mejor.

Un día, Ojos de Moneda me pegó un espejito al hocico y dijo:

—¡Mírate, *Püppchen*! ¡Mira lo guapo que eres!

Yo me miré y vi un hocico negro, un lazo amarillo y un bigote blanco. A partir de aquel momento, la vida con Ojos de Moneda me pareció un poco más soportable porque sabía que seguía siendo *Bigote de Luna*.

Viento de Ajo se levantó una noche a hacer pis, pero no lo hizo del todo. Se quedó a la mitad y lanzó un grito agudísimo cuando me vio paseando por la casa.

—¡Ayuda! ¡Ayuda! —empezó a chillar.

Entonces acudió Cabeza de Nido desde su casa, con un bastón en la mano.

—¿Dónde está el ladrón? —preguntó.

—¡Ojalá hubiese sido un ladrón! —le gritó Viento de Ajo. Mientras tanto, yo me había metido debajo de la cama—. ¡Ahí está el diablo, que ha venido por mí!

—Está claro que lo has soñado porque, si no lo consigue el agua bendita, entonces será el ajo el que mantenga alejado al demonio. Belcebú no resistiría tu aliento, ¡así que imagínate si te oye roncar!

Y se volvió a la cama a toda prisa, muy enfadado.

Sin embargo, Viento de Ajo consiguió atraparme y me dijo:

—¿Qué me miras con esos ojos de basilisco? ¡No dejaré que me hechices con tu mirada maléfica!

Pero en todas mis vidas yo no había visto un basilisco, así que no habría sido capaz de imitarlo.

Al final, Viento de Ajo me encerró en una jaula y me dejó en una bodega más oscura y silenciosa que la propia noche. En efecto, aparte del talán,

talán de las chimeneas del palacio de al lado y el roer de los ratones, allí no se oía nada. Los ratones no tuvieron ninguna piedad conmigo. Incluso se atrevieron a morderme la cola. Yo daba golpes a diestro y siniestro en cuanto veía a uno, pero estaba preso en una jaula. Les gritaba:

—¡Desde luego, sois unos animales muy poco agradecidos! ¿Es que no sabéis que salvé a uno de los vuestros de las garras de una lechuza?

Cada cierto tiempo se asomaba a la puerta Viento de Ajo y se quedaba mirándome de lejos, haciendo extrañas cruces en el aire.

No sé cuánto tiempo había pasado cuando Viento de Ajo llegó con otro hombre, que tenía la cara redonda y de un rojo tan encendido que ella sola bastaba para iluminar aquella oscura bodega. Con la cara roja y el pelo amarillo hacia atrás, en forma de aureola, parecía un auténtico sol. Claro que no desprendía calor, pero resultaba simpático. Viento de Ajo me señaló y le dijo a Cara de Sol:

—¡Rudolf, amigo mío, tienes que salvarme de esta desgracia! Nadie quiere mancharse las manos con la sangre del maligno. ¡Te daré ese barril de cerveza si me liberas de su demoníaca presencia!

Cuando el hombre oyó lo del barril de cerveza, se iluminó por completo, igual que el sol a mediodía. Con una boca roja que le llegaba de una oreja a la otra, respondió:

—Déjame a mí, Ludgerus. Un cazador de lobos no teme ni al demonio en persona. Lo usaré como cebo para el zorro que está haciendo estragos en la zona. Ya verás. ¡Brindaremos con nuestras jarras llenas sobre su cadáver!

Me quedé abatido porque comprendí que acababan de condenarme. Pero antes de celebrar mi muerte, aquellos dos verían de lo que es capaz el diablo cuando se pone. Así que empecé a bufar, a arañar y a girar sobre mí mismo en todas direcciones, como un torbellino de arena formado por el viento. Viento de Ajo cayó de rodillas, muy asustado, y comenzó a gritar:

—¡Ten piedad de mi alma! ¡Soy avaro, pero me arrepiento de mis pecados!

En cambio, a Cara de Sol no le causé ninguna impresión. Dijo:

—¡Pues yo sigo sin oler a azufre!

Luego agarró el barril de cerveza con una mano y la jaula con la otra, con el brazo estirado para mantenerla a cierta distancia de su cuerpo, y me sacó de allí mientras yo seguía comportándome como un demonio, y continué haciéndolo lo mejor que pude durante un buen rato.

Cara de Sol me llevó al borde del bosque y me ató al tronco de un nogal, que estaba rodeado por una cerca que encerraba tres gallinas asustadas. Luego se sentó detrás del árbol a esperar al zorro. Aguardó y aguardó, pero el zorro no aparecía, así que fue por el barril que le había dado Viento de Ajo y empezó a beber. Cuando se lo terminó, se puso a cuatro patas. Dijo un montón de cosas amables, como que los gatos siempre le habían gustado mucho porque eran criaturas agraciadas y armoniosas. ¿Cómo iba a ser que un tipejo como el diablo se escondiese en un animal tan hermoso?

—Si yo fuese el demonio, sólo viviría en bichos feos y malos, como esos cuervuchos negros que arruinan las cosechas. ¡Así, por lo menos, matarlo serviría de algo!

Luego abrió la valla y se me acercó gateando. Durante un momento me miró con sus ojos color agua y comenzó a emitir unos ruidos con la boca, como queriendo ronronear. Pero el ronroneo no es tan sonoro y no se hace con la boca abierta, ni siquiera sale aire de la boca. De todas formas, yo aprecié el gesto y le dije:

—Te agradezco las molestias para que me encuentre a gusto, pero estaría mucho más cómodo sin esta cuerda al cuello.

Entonces él me soltó del tronco y, todavía a gatas, me dijo:

—¡Escapa, amigo! He cambiado tu piel por un barril de cerveza que, además, ya se ha acabado. Me he quedado sin nada, así que ni siquiera podré brindar sobre tu cadáver.

Yo huí a toda pastilla hacia el bosque, corrí y corrí sin mirar atrás hasta que se hizo de día. Entonces me subí a una encina y decidí permanecer en ella hasta que fuese otra vez de noche. Allí volví a acordarme de Cara de Sol, y de que al andar a cuatro patas había demostrado mucho más sentido del equilibrio que cuando caminaba con dos.

Desde luego, la vida en el bosque, con los árboles, era mucho más segura que en el pueblo, con los hombres. En cualquier caso, había aprendido que un diablo no está seguro en ninguna parte, ni siquiera un pobre diablo como yo. Por eso, de día dormía en lo alto de algún árbol, y de noche desanidaba ardillas adormiladas o bajaba a pasear y a respirar el olor a resina de los troncos.

Una noche oí una canción extrañísima que decía:

En el bosque oscuro no ves las almas dormidas,
pero están allí desde la primera noche del mundo.
En el cielo oscuro ves algunas estrellas bien despiertas,
pero no estaban allí la primera noche del mundo.

La curiosidad me impulsó a bajar del árbol. Entonces descubrí a una muchacha que daba vueltas por el bosque con una vela en la mano, como una luciérnaga perdida. Llevaba una cesta debajo del brazo y, en cuanto me vio, sacó de ella una salchicha. Luego me la tendió llamando:

—*¡Mieze, Mieze!* ¡Ven, gatito!

Vista de cerca, la piel de su cara parecía como de fresa, llena de puntitos rojos y amarillos. Decidí fiarme de ella y comerme lo que me ofrecía. Piel de Fresa volvió la noche siguiente tarareando otra vez la canción de las almas y las estrellas, y con la cesta y la salchicha. Regresó muchas noches más y me contó un montón de cosas.

Iba al bosque a recoger hierbas para su padre, que era farmacéutico. Pero aquéllos no eran buenos tiempos para ir a buscar plantas a la luz del sol. Se arriesgaba a que la tomasen por una bruja en busca de ingredientes para hacer encantamientos. Y como los encantamientos sólo podían realizarlos con la ayuda del diablo, a las brujas las quemaban en la plaza del pueblo. Por lo que decían, eran seres horribles y repugnantes.

¡Pobre Piel de Fresa! Porque si a un hermoso gato como yo lo habían tomado por el demonio en persona, ella sí que corría peligro, con aquella asquerosa cara que tenía.

—Querido *Mieze* —me dijo una vez—, en el fondo tú y yo somos iguales. Apostaría algo a que tú también duermes de día y sales de noche. Si no, no sé cómo has podido llegar a ser un gato tan bello. ¡No sé cómo no te han matado antes!

—Bueno, es peor para ti —le respondí yo—, porque los gatos, por lo menos, vemos en la oscuridad y no necesitamos velas.

Una noche, la muchacha llegó con el aliento entrecortado y sin salchicha.

—¡Se la he dado a los perros que me perseguían! —exclamó—. ¡Tengo mucho miedo, *Mieze*, unos hombres me están buscando!

Yo sentí mucha pena al pensar en la salchicha y le dije:

—¡Muy mal! ¡Ahora los perros te encontrarán donde te escondas para conseguir más!

Entonces la pobrecilla se echó a llorar, y me arrepentí de haberle soltado un rapapolvo. Pero yo tenía razón; unos minutos después oímos ladridos a lo lejos. Piel de Fresa se secó las lágrimas, se acurrucó detrás de un arbusto y apagó enseguida la vela. Yo, en cambio, salté dentro de la cesta, que olía a menta y a manzanilla. Pero entonces comprendí que había caído en la trampa. Los perros, pensando en la salchicha, dieron con la chica sin problemas y empezaron a ladrar. Un momento después llegaron también los hombres con palos que ardían. Uno de ellos, que tenía unos extraños ojos de reptil, exclamó:

—¡Aquí está la bruja!

Luego se acercó a Piel de Fresa y le dijo que vaciase la cesta para enseñar las hierbas maléficas que había recolectado. Entonces yo salí con la boca abierta a más no poder, las orejas encogidas y las uñas sacadas. Pero al ver a aquellos perrazos con baba en la boca, me dio mucho miedo y me lo hice encima. Ojos de Reptil gritó:

—¡Vade retro, ser inmundo!

Pero resbaló con mi caca y dio de morros en el suelo. Yo tenía demasiado miedo, si no, le habría explicado que cuando uno se ve perdido, convertirse en un ser inmundo es lo mínimo que puede hacer.

Unos días después ataron a Piel de Fresa a un poste colocado encima de una alta pila de leña. El palo estaba en mitad de la plaza del pueblo, llena de gente. Delante de toda aquella multitud, la muchacha se puso a entonar su canción: «En el bosque oscuro no ves...» Pobrecilla, el temor debía de haberle ofuscado el cerebro. Porque no hacía falta estar muy lúcido para comprender que en el bosque oscuro sí que se veía, pues claro que sí, porque Ojos de Reptil y su banda habían podido pillarnos en mitad de la noche, y con la vela apagada.

Me exhibieron como al maligno que por las noches se encontraba con la bruja para un aquelarre. Pero yo no sabía que la salchicha se llamase aquelarre y estuviese prohibida. Además, había ristras de aquelarres colgadas en todas las carnicerías del pueblo y todos se las comían. Sólo cuando Piel de Fresa gritó llorando que nunca había celebrado reuniones con el demonio, supuse que aquelarre debía de significar otra cosa.

Al final, me ataron a mí también al poste. Fue entonces cuando vi un fuego brillante, justo debajo de la pila de leña, y pensé: «¡Esto es el fin!», pero el fuego levantó los ojos hacia mí y gritó:

—¡*Teufelchen*!

Cuando las llamas de verdad empezaron a quemar el palo, poco antes de que el humo me cortase el aliento, aún oía la voz de Cabeza de Fuego, que exclamaba entre lágrimas:

—¡*Teufelchen*! ¡*Teufelchen*!

—¡Está maldiciendo al diablo! —decía la gente de él.

Así acabó mi tercera vida, en el tiempo en que el káiser siempre estaba de rodillas. Alguien me dijo después que aquélla fue una de las épocas más oscuras de la historia del hombre. De la historia del hombre puede que no; de la historia del gato, seguro, ya que me tocaba salir siempre de noche, y llegué a ver la luz del día, más o menos, un par de veces en total.

4

Aún tenía el olor del humo metido en la nariz cuando sentí un calor intenso debajo de la barriga.

«¿Será posible que esos idiotas no hayan sido capaces ni de quemarme?», pensé.

De la rabia que me entró, empecé a dar patadas, a bufar y a gruñir todo lo que pude. Entonces, dos manos como patitas de chorlito me levantaron en el aire, y una vocecilla dijo:

—¿Se ha fijado en el minino? ¡Esta mañana estaba medio muerto de congelación y ahora parece una fierecilla!

—¡Pero qué dices, Tanja! ¿Este tesoro, una fiera? —dijo una muchacha que tenía el cabello peinado en forma de piña.

Luego me tomó de Manos de Chorlito y me apretó tanto contra su pecho que yo casi no podía respirar. Estaba harto de todo y de todos, así que comencé a gritar:

—¡Dejadme en paz! ¡Soy un ser inmundo, soy Satanás!

Pero Cabeza de Piña no me escuchaba, lo único que hacía era besuquearme y acariciarme más.

—La estufa te ha sentado bien, *Kotjonok* —decía, y me llenaba el hocico de besos salivosos.

Pero yo no me rendí. Seguí chillando:

—¡Y un cuerno me va a sentar bien! Soy el diablo, ¿entendido? ¡Soy el diablo!

En un momento determinado, la chica me soltó dos sonoros besos en los ojos, que se me quedaron tan pegados que luego no querían volver a abrirse. Entonces, como ya no podía ver, me cegué en todos los sentidos y saqué las uñas. Le propiné un buen zarpazo en el labio y ella dejó de babosearme al instante.

Manos de Chorlito corrió a buscar una gasa de algodón mojada en algo amarillo, y la aplicó al labio de Cabeza de Piña. Aquella insensata no sabía que la saliva está hecha aposta para curarse las heridas y que no existe mejor desinfectante. Además, las heridas en la boca están tan cerca de la lengua que son una verdadera comodidad. Lo sé muy bien porque una vez me lastimé la cola con unas zarzas, y habría necesitado la lengua de un sapo para alcanzar a lamerme tan lejos.

Después de limpiar bien el arañazo, Manos de Chorlito juntó sus patitas huesudas y dijo:

—Señorita Olga, ¿le duele?

—Sólo quema un poco —respondió Cabeza de Piña.

Pero la mujer, que parecía preocupada, añadió:

—No sabe cuánto lo lamento... Ha sido culpa mía. ¡Debería haberlo dejado en la calle! Pero ¿quién habría sido capaz? Su madre y sus hermanos estaban ya tiesos como bacalaos secos y sólo él...

—No tienes de qué excusarte, Tanja. Al contrario, ¡sólo hay razones para alegrarse cuando un chiquitín tan delicioso viene al mundo! —Pero, para evitar otros incidentes, me puso a dormir junto a la estufa sin el beso de buenas noches.

Entonces me tranquilicé. Estaba muy claro: primero, ya no era el diablo; segundo, había vuelto al principio. O sea, había nacido por cuarta vez.

Desde entonces, Cabeza de Piña iba diciendo a todo el mundo que le había bastado un apretón contra su pecho para domesticarme. Pero a mí me había bastado un zarpazo en el labio para domesticarla a ella. También aseguraba que yo era lo que más quería, más incluso que el ajuar francés que guardaba para su boda. Y eso era mucho decir si lo decía ella, que normalmente nunca estaba contenta con nada. Manos de Chorlito corría todo el día de aquí para allá sacando y recogiendo vestidos. Corría tanto que si hubiese tenido alas de chorlito, además de manos, le habrían sido muy útiles.

En cuanto se levantaba de la cama, Cabeza de Piña empezaba a probarse ropa, y así pasaba días enteros. Por ejemplo, se ponía un vestido rojo y comentaba:

—¡Mira qué corte tiene, *Kotjonok*! ¡Es la última moda en Europa!

No había transcurrido medio minuto cuando ya fruncía el entrecejo y exclamaba:

—Tanja, tráeme el amarillo, que éste no me queda bien. ¡Y *Kotjonok* piensa lo mismo que yo!

Y lo bueno era que yo no había dicho absolutamente nada. Pero al cabo de otro medio minuto, cuando ya se había puesto el traje amarillo, quería volver a ponerse el rojo, y Manos de Chorlito se apresuraba a llevárselo de nuevo. Entonces decía:

—Tenías razón, *Kotjonok*, el rojo me favorece más.

Y entonces yo me salía de mis casillas y empezaba a sacudir la cola a un lado y a otro para desahogarme. ¿Qué pensaría la gente de mí si la oía? Pues que era un desequilibrado como ella, porque primero escogía el vestido amarillo y un segundo después decía que era mejor el rojo. Además, y que quede entre nosotros, hasta un idiota sabe que a una piña el único color que realmente le sienta bien es el verde.

Pero, por lo demás, la vida con Cabeza de Piña era muy divertida. Me movía todo el día por una casa inmensa que estaba llena de espejos. Tardé poco en descubrir que seguía siendo el mismo *Bigote de Luna* de siempre, con la única diferencia de que mi pelo era un poco más tupido que en el pasado.

En cuanto a la comida, Cabeza de Piña me llamaba tres veces al día con una campanilla de plata, y yo, estuviese donde estuviera, corría de inmediato hasta ella con la cola recta como una caña de río. Me daba un cuenco de leche azucarada y un plato con unas bolitas negras que eran una auténtica exquisitez. Parecían hormigas espachurradas, pero no sabían a eso, desde luego, sino a pescado. Por eso pensaba: «¡Vaya! Si en este lugar las hormigas saben a pez, ¡puede que los peces sepan a hormigas!»

La idea no me molestaba en absoluto porque las hormigas son mucho más fáciles de capturar que los peces. Sin contar con que éstos son casi siempre propiedad exclusiva de los hombres, mientras que las hormigas no le importan a nadie.

Casi todos los días, Cabeza de Piña me llevaba a dar una vuelta en un carro sin ruedas, tirado por tres caballos pequeños, que patinaba sobre una enorme calle de hielo y no se tambaleaba, como la mayoría. En definitiva, no tenía casi nada que ver con un carro porque, de hecho, como luego supe, era una troica. Montar en troica era fantástico porque me parecía que iba volando, sobre todo cuando el viento me soplaba en el hocico. «¡Qué suerte tienen los pájaros! —me decía—. ¡Y qué pena que no sea un pájaro yo también!»

Pero luego pensaba en los pichones asados y en los patos hervidos, y ése era mi consuelo por haber nacido gato.

Fuera hacía un frío que jamás había sentido, pero Cabeza de Piña nunca me subía a la troica sin echarme encima una gruesa manta de lana. Allí, mi pasatiempo favorito era espiar desde debajo de la manta el extraordinario paisaje que se deslizaba ante mis ojos. Era como si alguien hubiese arrojado leche fría por encima de todo: sólo veía calles de leche, árboles de leche, un cielo de leche, casas de leche... Pero lo que más me impresionaba eran unos palacios altísimos con torres doradas, que hasta cubiertos de nieve brillaban como los girasoles bajo la escarcha.

Una vez, Cabeza de Piña me indicó uno de aquellos edificios y dijo:

—¡Mira, *Kotjonok*, el palacio del zar! ¿No es un himno a la modernidad?

—No sabría decirlo —contesté yo, que nunca lo había oído cantar.

Durante aquellos paseos volví a practicar mi deporte de cazar mariposas. A veces revoloteaban sobre nuestra cabeza a centenares, todas blancas, y no era difícil atraparlas. Sólo que, cuando me las metía en la boca, se convertían en agua helada, por lo que después de las primeras veces lo dejé. Desde luego no quitaban nada el hambre, aunque, eso sí, servían para calmar la sed.

Un día, Cabeza de Piña estaba fuera de sí por la emoción. Se probó por lo menos diez vestidos mientras Manos de Chorlito corría de aquí para allá recogiéndolos. Luego se puso unas bolas en el pelo, pero no terminaba de decidirse.

—¿Qué me queda mejor, *Kotjonok*, las borlas rojas o las amarillas? —dijo.

—Lo que mejor te quedaría serían unos piñones —le respondí. Pero ella no me hizo ni caso.

Por la noche hubo una gran fiesta en la casa. Cabeza de Piña bailó todo el tiempo con un joven al que, si lo mirabas por la derecha, no le veías la boca porque la tenía toda torcida hacia el lado izquierdo. Observé un rato cómo brincaban igual que saltamontes desde debajo de una mesa, de la que emanaba un aroma intenso porque sobre ella había especialidades de todo tipo, desde ciervo asado a ciertos peces rosas que yo no conocía. No sé lo que habría dado por saborear uno. Desde luego, el olor no se parecía en nada al de las hormigas, que, de hecho, ni siquiera huelen. Pero no podía estar seguro mientras no los probase, así que salí de debajo de la mesa, salté encima y agarré uno de aquellos peces rosas por la cola. Por desgracia, Manos de Chorlito me vio y me obligó a escupirlo dándome un pescozón en la cabeza. Pero como yo le había tomado cariño a aquel pez y empecé a echarlo de menos un segundo después de que dejase mi boca, perseguí a Manos de Chorlito y me puse a girar a su alrededor restregándome contra sus piernas. ¿Tengo que repetir que soy un gato de buenos sentimientos? Como soy muy tierno, le di unos topetazos con la cabeza en los tobillos y le supliqué:

—¡Por favor, por favor, deja que pruebe aunque sólo sea un pedacito!

Pero aquel vejestorio me gritó:

—¡Largo de aquí, ladrón! —Me dio una patada en la costillas que, cuando me acuerdo, todavía me duele, y luego me dijo—: ¡Y ahora, muchachito, ve a contarle a tu amita lo que te he hecho!

Yo me volví y le di un bocado rabioso en la pantorrilla, gritando:

—¡Pues claro que voy a contárselo, no creas que te vas a librar!

Estaba muy enfadado y no entendía por qué a todos aquellos invitados extraños, que nunca antes se habían dejado ver por la casa, les permitían tragarse aquellos peces, y yo, que era lo que más quería Cabeza de Piña, no podía ni probar un trocito para descubrir si sabía a hormigas o no.

• • •

La fiesta ya había terminado cuando oí el tintineo de la campanilla de plata. Corrí al trote hasta la habitación de Cabeza de Piña, no tanto para comer como para contarle lo del pez rosa y lo de la patada de Manos de Chorlito. Pero ella estaba en manos de Boca a la Izquierda, o sea, que éste le sujetaba la mano. Probablemente, después de todo aquel baileteo, al joven le daba vueltas la cabeza y temía caerse de un momento a otro. Cabeza de Piña me tomó en brazos, y yo le solté enseguida:

—¿Sabes lo que me ha hecho Manos de Chorlito?

Pero ella no quiso saber nada. Se giró hacia Boca a la Izquierda y le dijo:

—Tenga, señor Fedor, *Kotjonok* es lo que más quiero. ¡Acéptelo como prenda de mi amor!

—Señorita Olga —respondió él—, este gato es demasiado valioso para usted, ¡pero sepa que cuando acabe la escuela militar, vendré a devolvérselo y nos casaremos!

Y ella me echó en brazos del joven, que, sin pérdida de tiempo, fue a la puerta y salió entre un remolino de mariposas blancas. Por la calle, mientras iba agarrado al abrigo de Boca a la Izquierda, no podía dejar de preguntarme por qué Cabeza de Piña no había elegido otra cosa de las que quería como prenda de amor. Por ejemplo, su ajuar francés, que de todas formas no necesitaba hasta que se casase.

Boca a la Izquierda vivía una vida de locos en un edificio militar. Todos los soldados tenían una fijación especial por la espada, que llevaban siempre, de la mañana a la noche, enfilada en la cintura. Por lo tanto, en lugar de dos piernas tenían tres. Pero, a pesar de eso, siempre andaban faltos de equilibrio y hacían idioteces sin parar, como salir por la mañana temprano, con todo el frío, y ponerse a construir fortines de hielo que luego, por la tarde, destruían por completo, como si nada; o batirse en duelos a muerte con otros soldados con los que comían amistosamente en la misma mesa; o incluso bañarse en una caldera humeante y cambiar de idea de inmediato para entrar saltando como las ranas en agua helada.

Sin embargo, Boca a la Izquierda parecía feliz con esa vida y era diestro con la espada, aunque siniestro con otras cosas: bebía de la cantimplora por la izquierda, se reía por la izquierda y todas las tardes me soltaba largos discursos por la izquierda. Siempre me llamaba *Tovarich*, que significa «camarada», y me decía:

—Siento mucho que tengas que estar siempre encerrado en mi habitación, *Tovarich*, pero no sé qué más puedo hacer. Soy un cadete del zar, no una señorita de salón que puede entretenerse todo el día con su gatito. —Y luego añadía—: El zar es un hacha: ha ordenado a los nobles que se corten la barba porque así es como se estila en Occidente.

—El zar no es ningún hacha —replicaba yo—, porque la barba le iría que ni pintada a la gente con la boca a la izquierda como tú.

Pero de todas formas, aunque no hubiese barbas por allí, todo era bastante casposo, y mi vida en aquella habitación, muy aburrida. Ya no aguantaba más. Mis únicas distracciones eran de miseria: estaba un rato con la nariz pegada a la ventana, mirando cómo se peleaban Boca a la Izquierda y sus dignos compañeros, que, con el frío que hacía fuera, hasta escupían humo por la boca; y pasaba otro rato enroscado junto a la estufa, esperando que el joven volviese y me diera la cena, que también era miserable: carne seca cuando había suerte, y, cuando no, una masa de mijo y leche que había que tener calambres en el estómago del hambre para tragársela. Y por si eso fuese poco, todas las noches después de la cena tenía que escuchar las historias que Boca a la Izquierda me contaba sobre su vida de tonterías militares. Todas eran iguales y acababan siempre de la misma forma:

—... porque, querido *Tovarich*, ¡un cadete del zar está dispuesto a dar la vida por su zar!

En resumen, un latazo mortal. Me aburría tanto que me daba por pensar: «¿Pero cómo es posible que la pobrecilla de Cabeza de Piña quiera casarse con este tipo?»

Tal vez, en cuanto él la besase por la izquierda, ella se lo pensaría mejor y cambiaría de opinión.

Cuando Boca a la Izquierda terminaba la historia, afilaba su espada en una piedra antes de acostarse, canturreando. Mientras tanto, yo me afilaba las uñas en su mesita de noche, bostezando. Luego nos metíamos los dos juntos en la cama y cada uno entraba en su propio mundo de sueños. Es decir,

no sé si él soñaba o no porque, aparte de sus proezas con la espada, no me contaba nada en absoluto. Yo, desde luego, tenía un montón de sueños todas las noches.

Una vez, por ejemplo, soñé que viajaba tan feliz en una troica cuando, al pasar por delante de palacio, veía al zar asomado a la ventana. Él me gritaba:

—Camarada *Tovarich*, ¿estás dispuesto a dar la vida por mí?

Y yo le contestaba:

—¡Por un pez rosa tal vez, pero por ti no!

El zar se quedaba con un palmo de narices y yo me largaba tan tranquilo, deslizándome en mi troica.

Una mañana, estaba todavía inmerso en uno de esos sueños cuando tres soldados entraron en el dormitorio de Boca a la Izquierda dando taconazos. El joven se levantó de la cama con todo el pelo tieso y las manos temblorosas. Entonces, el más viejo de los soldados gritó:

—¡Fedor Ivanovich Zankov, estás arrestado! Te hemos oído hablar muchas noches con alguien en este cuarto. Se te acusa de traición. ¡Irás a Siberia!

Él dijo con un hilito de voz:

—Yo no he traicionado a nadie y menos aún a mi zar...

Entonces, yo salté sobre el escritorio y exclamé:

—¡Es verdad! ¡Me ha dicho más de mil veces que está dispuesto a dar la vida por el zar!

Pero ninguno de los hombres me hizo el menor caso. Desenvainaron las espadas y gritaron:

—¡Eres un individuo siniestro, Fedor Ivanovich Zankov!

«¡Vaya mala suerte haber nacido con la boca a la izquierda!», me dije.

Los soldados se lo llevaron a rastras. Me dio un poco de pena, pero luego pensé que quizá un cambio de aires no le sentara mal. Tal vez en Siberia la vida fuese menos aburrida que en aquel sitio. Y, además, si ya no tenía que morir por el zar, quizá pudiera casarse con Cabeza de Piña y ella se mudase a Siberia con su ajuar francés.

Yo huí de aquel lugar. Al salir del edificio descubrí que fuera ya no estaba todo del color de la leche, pues por un lado se veía un poco de verde y, por otro, un poco de amarillo o de marrón. Sin embargo, sin la cálida manta con que me tapaba siempre Cabeza de Piña, sentí muchísimo frío dentro de las orejas y debajo de la cola. También tenía mucha hambre y me acordaba sin parar de la leche con azúcar y las hormigas espachurradas que ella me daba.

«¡Volveré con ella! ¡Antes de que se traslade a Siberia y ya no la encuentre!», pensé. Entonces corrí a buscar la calle helada que conducía a su casa. Pero al llegar donde sabía, la calle de hielo por la que las bonitas troicas se deslizaban tiradas por aquellos caballos pequeñitos ya no estaba. En su lugar había un río con barcas grandísimas, en las que banderas rojas ondeaban al viento. Creí estar soñando. «¡A lo mejor he vuelto a nacer y estoy en otro sitio!»

Me hallaba en la orilla del río intentando recordar el momento en que había muerto, porque, desde luego, no me había enterado, cuando alguien me levantó del suelo. Un hombretón con los ojos tan rasgados que parecía que se los hubiese hecho yo con dos arañazos de través me dio la vuelta con una mano, y luego con la otra. Yo estaba tan aterido que no tenía fuerzas para rebelarme. Al final, Ojos Arañados exclamó:

—¡Me vienes al pelo, *Koska*!

Y dicho esto, me metió dentro de su abrigo de piel gris. Francamente, en aquel calorcito sentí que me volvía la sangre dentro de las orejas y debajo de la cola.

Ojos Arañados me llevó a su casa y me colocó sobre una piel raída junto a la estufa. Luego me puso delante un pez tan duro y reseco que pensé que debía de haber vivido bastante fuera del agua para quedarse así de tieso. Como ya había intuido, descubrí que allí los peces sabían de verdad a hormigas. Desde entonces dejé de pensar en el pez rosa que Manos de Chorlito me había obligado a escupir.

Mientras yo comía, llegó un muchachote con una cara que era idéntica a una gota derramada. Ojos Arañados le dijo:

—¡Vladimir, tráeme un cepillo! —Cara de Gota se lo dio, y el hombre empezó a cepillarme. Luego preguntó—: ¿Qué me dices? Nuestro *Koska* puede pasar por un zorro negro... ¡Sobre todo, para un ciego!

Cara de Gota puso cara de gota sorprendida.

—Patrón, ¡no querrá que curta la piel del gato! ¡No pretenderá vendérsela a Sasa Konstantinovich!

86

—¡Calla! —ordenó con un grito que parecía un trueno—. El pobre ciego me ha pedido un cuello de zorro negro para esa vieja bata de lobo que tiene. ¡Y el gato no me cuesta nada!

En un visto y no visto me metió en una jaula de madera, en una habitación que estaba llena hasta arriba de pieles de todos los colores, con pelo y sin él. Me pareció algo muy macabro. Me dieron escalofríos al pensar en todos los animales a los que habían pertenecido: «¡Esos pobrecillos van por ahí desnudos, y con este tiempo! ¡Si fuese verano, sería otra cosa!»

Cara de Gota me acarició la cabeza y dijo:

—¡Es una crueldad inútil! ¡Ni siquiera podría curtir la piel!

—Haz lo que quieras —respondió Ojos Arañados—. Yo tengo que llevar una partida de pieles al puerto. Estaré fuera dos días. Mañana vendrá el ciego, y si no sale de aquí con la piel del gato al cuello, ¡seré yo quien te curta a ti, y con tu piel me haré un felpudo en el que se limpiará los pies todo Petersburgo!

—Está bien —suspiró el muchacho—. El ciego tendrá su cuello de gato.

Ojos Arañados se cargó un montón de pieles al hombro, luego se sopló en las manos, abrió la puerta y dijo:

—¡Así se habla!

Pero en cuanto puso el pie fuera, resbaló en el hielo y, ¡catapún!, cayó de culo. Se fue frotándose el trasero y soltando palabrotas.

• • •

Al día siguiente, Cara de Gota me dejó salir de la jaula y me cepilló bien. Luego me dijo:

—¡*Koska* mío, si quieres salvar el pellejo, o sea, tu hermosa piel, olvida que estás vivo!

Poco después llamó a la puerta un tipo con los ojos pequeños y blancos como granos de arroz. Granos de Arroz le preguntó a Cara de Gota:

—¿Está listo el cuello de piel de zorro?

El chico no dijo nada, pero me sujetó por las patas y me soltó alrededor del cuello del viejo, que le entregó una bolsita y salió frotándose las manos.

Por la calle, Granos de Arroz escondía la barbilla entre mis patas y decía:

—He hecho un buen negocio: ¡nunca había sentido una piel tan caliente como ésta!

Cuando llevábamos un buen trecho de camino, empezó a dolerme la espalda de ir en aquella incómoda postura, así que di un salto y bajé al suelo. El ciego se puso a gritar:

—¡Ayuda! ¡Ayuda!

Entonces, un campesino que pasaba por allí le preguntó:

—¿Qué te pasa, Sasa Konstantinovich?

—¡Mi cuello, mi cuello se ha escapado!

—¡Pero qué va! —gritó con los ojos desorbitados—. ¡Si lo estoy viendo yo! ¡Tu cuello está donde siempre ha estado, sobre tus hombros! Si no, ¿cómo se te mantendría la cabeza?

Pero Granos de Arroz no se conformaba. Seguí oyendo sus lamentos desesperados cuando ya estaba muy lejos.

Caminé y caminé no sé cuánto ni en qué dirección, pero al final entré en un bosque espesísimo y, como me dolían mucho las almohadillas de las zarpas, me metí en un hueco que había en un árbol y me quedé dormido. Soñé que una campanilla de plata tintineaba para mí, pero yo no podía oírla porque tenía las orejas llenas de leche helada. Cuando me desperté, una mano estaba palpándome la cabeza. Una voz que parecía la de un gallito estrangulado exclamó:

—¡Eh! ¿Qué haces tú en la caja del correo?

Era un muchacho harapiento que empezó a rascarme debajo de la barbilla con dedos pegajosos. Luego me tomó en brazos y dijo:

—Te llevaré a nuestra cueva, ¡pero cierra los ojos, que la entrada es secreta!

Yo cerré los ojos y, cuando volví a abrirlos, estaba en una caverna llena de caras barbudas que me miraban. Entonces pensé: «Se ve que el zar no ha pasado todavía por aquí, si no, habría ordenado que se afeitasen.»

Voz de Gallito me tenía entre sus brazos delante de aquellos barbudos y parecía que estaba rezando. Decía:

—¡Quiero quedarme con él, quiero quedarme con él! ¿Habéis visto sus patas? ¡Quién sabe cuántas *verstas* habrá hecho!

Todos los rostros hablaban a la vez, pero al final, el de la barba más larga de todas dijo:

—Bueno, se quedará con nosotros. Lo llamaremos *Sten'ka*, como el gran Razin, que nos enseñó la rebelión a todos.

«¡Qué asco de nombre! —pensé yo—. ¡Si me encuentro al tal Sten'ka, voy a enseñarle yo a él cuatro cosas!»

Así comenzó mi vida en la gruta con aquella gente que siempre hablaba en voz baja. Bueno, todos menos Voz de Gallito, al que se oía llegar desde muchos árboles de distancia, aunque no hiciese quiquiriquí. El muchacho recogía setas y bayas, y a veces se subía a los árboles a robar huevos de pájaros.

La comida fue un auténtico problema mientras viví con los caras barbudas, pero a ellos les interesaba sobre todo la bebida, que nunca faltaba. Y cuando habían bebido, estaban siempre más contentos que si se hubiesen comido una vaca entera. ¡Si al menos hubiese sido agua normal lo que tomaban! Yo, una vez que tenía sed, vi un vaso lleno y le di un lametoncito. ¡Pero aquella agua transparente tenía fuego dentro! Bastaron dos gotas para quemarme la garganta, hasta tal punto que los maullidos de dolor casi me salían chamuscados.

A Voz de Gallito también le gustaba aquel fuego líquido. Bebía tanto que llegaba un momento en que aquella agua le salía por los ojos. Entonces, si yo estaba cerca, empezaba a darme tantos pellizcos en la barriga que, si no fuese completamente negra, todavía se me verían las señales. Yo le ponía la zarpa con las uñas escondidas en el brazo, para avisarlo de que si continuaba así las sacaría. Pero él, soltando agua como una fuente, decía:

—¿Sabes, *Sten'ka*? Yo también me pellizco para sentir menos frío. Cuando mi padre todavía era campesino, no teníamos nada, ¡pero una estufa caliente en la *isba*, sí!

Se había visto obligado a dejar la *isba*, su cabaña, cuando su padre decidió unirse a los rebeldes del bosque. Los rebeldes luchaban en secreto contra el zar, que era injusto y malo: vivía rodeado de lujo, con la panza caliente y llena, mientras los campesinos se morían de hambre. ¡Por eso los caras barbudas ponían en peligro sus vidas a diario!

Allí fue donde comprendí que el zar debía de ser un pelma de mucho cuidado, dado que todos, barbudos o no, tenían que arriesgar el pellejo por él.

Voz de Gallito iba todos los días al árbol del agujero y siempre me llevaba con él. Por el camino cantaba desafinando una canción que decía:

¡Qué hermosa es la voz del bosque,
qué hermosa es la voz de la estepa!
Escuchadla: ¡no es el árbol, no es el lobo,
es el bandido que canta su libertad!

Quizá hasta fuese hermosa, pero si aquélla era la voz de bosque, era para taparse las orejas y salir corriendo. Un día, Voz de Gallito encontró algo en el hueco del árbol y comenzó a saltar de alegría.

—¡Mira, *Sten'ka*, el mensaje que estábamos esperando!

No era más que una pata de conejo, pero al llegar a la caverna, los caras barbudas se pusieron muy nerviosos. Entonces, Barba Larga dijo:

—¡Nuestros compañeros del norte del bosque se unirán a nosotros esta noche cuando ataquemos la fábrica de armas del zar!

Esa noche se subió a un caballo y todos los demás lo siguieron a pie. Voz de Gallito, que iba brincando y me llevaba en brazos, era el último de todos. Al llegar a cierto lugar del bosque, el caballo de Barba Larga se encabritó y todos se quedaron parados detrás de él. Después de unos segundos aparecieron soldados vestidos de rojo y verde, como las amapolas que crecen de lado. Uno de los barbudos gritó:

—¡Maldición! ¡Una emboscada!

En menos que canta un gallo, los militares los habían golpeado y atado a todos. Voz de Gallito, que me apretaba contra él, intentó escapar, pero lo atrapó uno de los soldados. A Barba Larga y los suyos los colgaron por el cuello de los árboles. Cuando le tocó el turno a Voz de Gallito, el muy desgraciado dijo:

—¡Quiero morir con mi amigo *Sten'ka*!

Ahora creo que si alguien te propone que comas, que bebas o que des una vuelta con él, entonces sí que se le puede llamar amigo. Pero ¿qué clase de amigo es el que te pide que mueras con él? Más bien es un enemigo. Así que para qué vamos a hablar de otros, como Voz de Gallito, que hacen peticiones de ese tipo. Éste, más que un enemigo, fue un canalla.

Justo después de oír estas palabras, conseguí zafarme de sus brazos dando un salto, pero un soldado me agarró por la cola y, levantándome con la cabeza hacia abajo como un murciélago cuando duerme, me gritó:

—¡Si te llamas *Sten'ka*, tú también debes morir!

¡Sabía que aquel nombre odioso me daría mala suerte! Me colgaron de la misma rama que a Voz de Gallito, que antes de morir me dijo:

—¡Sé fuerte, *Sten'ka*! ¡Todos hemos de estar preparados para la muerte!

—¡Fuerte, unas narices! —le respondí—. ¡Fuerte serás tú! Un gallito sabe desde el principio que tarde o temprano le pegarán un tirón de cuello, ¡pero qué sabe un pobre gato como yo!

Luego sentí como un latigazo en la garganta y me pareció que escupía la lengua muy lejos.

Así acabé mi cuarta vida en el país blanco leche del zar. He oído decir que el palacio del zar todavía existe, pero que el zar ya no está allí. Él también debió de perder el camino a casa cuando la calle de hielo se esfumó sin dejar rastro.

5

Sin embargo, aún tenía la lengua cuando, de repente, me di cuenta de que estaba chupando leche tibia recostado en la barriga de mi madre, que ronroneaba. Yo hundía las patas en su tripa peluda y, cuando estaba lleno, jugaba tranquilamente con su suave cola. A veces caía rodando entre muchas colas suaves y finas, azules, rojas y amarillas. Estaba caliente y contento.

«¡Qué bien haber vuelto a nacer!», pensé.

Mamá dejó de ronronear y bajó las orejas en cuanto unas voces se acercaron. Luego dio un gran bufido cuando dos caras se inclinaron hacia nosotros. Una mujer con tres grandes lunares en una mejilla, como tres moscas en una naranja, dijo:

—Mire, señor Haggard, es una gata callejera que ha entrado por alguna parte. Disculpe que lo molestemos, pero necesitamos saber su opinión, porque mire dónde ha ido a parir: precisamente en la cesta de los hilos. Y lo peor es que...

Pero el hombre que estaba con ella, y que tenía dos ojos pegados a la cabeza y otros dos que se podían sostener en las manos, la interrumpió:

—Lo peor podría ser peor aún, señora Sweet. O sea: si la gata hubiese parido tres o cuatro en vez de uno... Bien, la fábrica no se irá a la ruina por dos graciosos animalillos más. Quiero decir: por aquí ya hay unos cuantos animales, ¿no está de acuerdo?

—Sí, señor Haggard —respondió Tres Moscas bajando la cabeza—. Pero el caso es...

—¡Por lo tanto! —dijo bruscamente Ojos en Mano para retomar la palabra—. Por lo tanto, no será muy difícil encontrar una caja y poner en ella a la madre y al hijo. ¡Y ahora vuelva a su trabajo y no me entretenga más, señora Sweet!

Poco después, Tres Moscas regresó en compañía de una mujer a la que le faltaba un dedo en una mano. Parecía la de un mono. Entre las dos sujetaban un cajón lleno de trapos, donde nos acomodaron a mamá y a mí junto a una taza de leche y un ala de pavo.

—Es mejor no llevarle la contraria —le susurró Tres Moscas a Mano de Mono.

—Sí, mejor no llevarle la contraria —repitió resoplando—. ¡De todas formas, los quebraderos de cabeza siempre nos tocan a nosotras!

—¿Qué quieres? Hay quien nace patrón y quien nace pobre obrero como nosotras —dijo extendiendo los brazos.

• • •

En cuanto fui bastante grande para salir del cajón, me dediqué a explorar el mundo exterior. Nuestra casa estaba llena de gente y de ruido desde la madrugada hasta el anochecer. Pero por la noche se iban todos y mi madre y yo éramos libres de hacer lo que nos diese la gana.

De día iba a visitar a Tres Moscas, que estaba siempre sentada en una sala enorme y repleta de máquinas en la que había un estruendo del demonio. Ella trabajaba junto a Mano de Mono al lado de una gran máquina de la que pendían hilos de colores. Era muy divertido colgarse de ellos y columpiarse, pero Mano de Mono se enfadaba.

—¡*Pussy*! —gritaba muy fuerte para que la oyese entre todo aquel ruido—. ¡*Pussy*, fuera de aquí! ¡Esto no es un juguete!

—¡Déjalo, es tan lindo…! —exclamaba entonces Tres Moscas—. Aquí somos todos como muertos; ¡él nos recuerda lo que es la vida!

Luego, cuando nos quedábamos solos, Tres Moscas me cubría de besos y me daba cortezas de queso.

—¡Pero qué bonito es mi *Pussy*! —decía—. ¡Eres la única bola de lana que me gusta de este lugar!

Ella jamás perdía la paciencia ni el equilibrio porque siempre estaba sentada. Por eso me gustaba tanto. Y si tenía que ronronearle a alguien, prefería hacérselo a ella cuando me ponía en sus rodillas mientras trabajaba. Entonces, si nadie la veía, Tres Moscas dejaba un momento su tarea y me acariciaba con disimulo la cabeza.

—*Pussy*, aprovecha las caricias mientras conservo todos los dedos —me susurraba al oído—. ¡Ya has visto a la pobre Amy, que ha tenido que regalarle el meñique derecho a la máquina!

—¿Y qué hace la máquina con su meñique, si ni siquiera tiene manos? —preguntaba yo.

Pero Tres Moscas retomaba su labor suspirando. Entonces yo bajaba de su regazo y me iba a observar la máquina de cerca para ver si, por casualidad, tenía alguna mano escondida por alguna parte. Pero como no veía ninguna, pensaba: «¡Mano de Mono es muy generosa!»

Desde luego, si yo hubiese tenido que regalarle algo a aquel trasto, habría escogido una uña o un pelo del hocico. Por lo menos, las uñas y el pelo vuelven a crecer cuando los cortas.

Ojos en Mano, en cambio, no era tan tranquilo como Tres Moscas. Se enfadaba con frecuencia por cualquier tontería, sobre todo cuando paseaba arriba y abajo por la ruidosa sala.

Una vez se enredó con uno de los hilos que colgaban de las máquinas y, ¡pum!, cayó al suelo de lado con un golpe seco. Los ojos que se podían sujetar se rompieron en mil pedazos.

«¡Pobre Ojos en Mano! —pensé—. ¡Cuánto deben de dolerle esos ojos rotos!»

Pero él no dijo ni ay. Se puso de rodillas, muy serio, a recoger los trocitos. Cuando volvió a levantarse, sólo tenía la cara un poco roja. Soportaba el dolor con tanta valentía que enseguida comenzó a caminar arriba y abajo. Hasta que, de pronto, me vio jugando a sus pies, junto a la máquina de Tres Moscas. Entonces abrió todo lo que pudo los ojos que tenía pegados a la cabeza y soltó un grito.

—¿Qué hace este ovillo de lana en el suelo? Quiero decir: ¿cómo es posible que nunca haya nada en su sitio?

Tres Moscas se inclinó de inmediato a recogerme y me metió en una caja que estaba llena de bolas de lana azul oscuro. Luego dijo:

—No volverá a ocurrir, señor Haggard.

Entre todos aquellos ovillos me hice un ovillo yo también, y me quedé dormido al instante.

Me despertó un golpe de aire frío. A mi alrededor ya no estaba la gran sala de las máquinas sino la calle, con gente y carros tirados por caballos. El cielo estaba gris, y una llovizna fina como el pelo de un bebé caía sin hacer ruido. Tuve el tiempo justo para saltar de la caja antes de que el chico que la llevaba entrase en una tienda. Como el chaval estaba en las nubes, ni siquiera me vio. Pero la tienda tenía un escaparate brillante como un charco de agua al sol, y de pronto contemplé mi reflejo.

«Todavía soy pequeño, pero mi bigote de luna ya está donde debe estar», me dije, y me fui muy contento, corriendo y trotando con la cola tiesa.

Cuando llevaba un rato caminando por la calle, vi que de una casa salían muchísimos niños gritando. Iban con libros en la mano y eran tantos que pensé: «¡Y luego dicen que los gatos tienen muchos hijos! ¿Cómo podrán los padres dar de comer a todas estas bocas?»

Mientras cavilaba, salió al portal una mujer delgada que debía de ser la madre. Sonrió a uno de los chavales y le dijo:

—Entonces, James, ¿es mejor la escuela que la fábrica o no?

—No lo sé, señora maestra —respondió él—; en la fábrica no me obligaban a leer libros.

—Ah, ya te acostumbrarás —repuso ella con una sonrisa—. ¡Es más, cuando hayas probado bien el pan de la ciencia, no podrás vivir sin él!

En mi vida siguiente supe que los hombres entendían por pan de la ciencia la educación, y que la educación está en los libros. Pero entonces pensé que aquellos muchachos se quedarían con hambre, y me dieron mucha pena porque, en mi opinión, quien va tirando sólo con pan, aunque sea el de la ciencia, se pierde lo mejor de la vida, que es la carne.

Cuando todavía estaba compadeciéndome de aquellos niños, uno de ellos, en concreto una niña, corrió hacia mí. Tenía una cómica nariz que parecía manchada de arena. Pero no era suciedad, porque con toda el agua que caía del cielo se habría limpiado en un abrir y cerrar de ojos. Nariz de Arena se inclinó para acariciarme y dijo:

—¡Ya te he encontrado, gatito de Alicia!

Entonces yo le repliqué:

—Disculpa, niña, pero te estás equivocando de gato, porque yo ni siquiera conozco a esa Alicia. ¡Así que hasta la próxima y muchos saludos a Alicia!

Y a continuación me dispuse a irme, pero Nariz de Arena me sujetó por la cola y me tomó en brazos. En ese momento llegó una señora muy seca y muy tiesa, con un sombrero que le daba aspecto de seta. La Seta agarró de la mano a la niña y dijo:

—¡Deja a ese animal abandonado, Edith, que te puede contagiar cualquier enfermedad!

—Pero si no está enfermo, señorita Prudence, ¡al contrario! —contestó ella rascándose la arena de la nariz—. ¡Mire, está perfectamente!

Y entonces se puso a lanzarme al aire para demostrar lo bien que estaba, así que empecé a sentir que se me revolvía el estómago. Por suerte paró un momento después, porque si llego a echar las tripas la demostración habría sido un fracaso.

Sin embargo, la Seta comenzó a dar golpes secos con el pie en el suelo y exclamó:

—¡Edith, te doy tres minutos para que sueltes a ese gato callejero, porque si no...!

—Porque si no... —contestó Nariz de Arena con toda tranquilidad—. Si no, haré lo que yo quiera, como siempre. ¡Gracias a Dios que no es usted mi madre, señorita Prudence!

Acto seguido tomó impulso y empezó a saltar en mitad de la calle, sujetándome fuerte con un brazo. La Seta se puso a gritar:

—¡Edith, cuidado con los carruajes! ¡Basta, basta, Dios mío!

—¡Acuérdese del señor Scott! —gritó de pronto la niña.

—¡Está bien, llévatelo a casa si quieres! —chilló entonces la Seta, que se quitó el sombrero, lo tiró al suelo y lo pisoteó.

● ● ●

Nariz de Arena no vivía en la casa de donde la había visto salir, o sea, la de los niños que comían el pan de la ciencia. Vivía en una casa bastante lujosa en la que, por fortuna, además de pan había carne.

Cuando llegamos, la niña me puso una campanilla dorada alrededor del cuello y me llevó a un salón donde había tres señoras que sujetaban en las manos unos platillos y unas tazas de flores. Dentro había un líquido amarillo y transparente que, con perdón, parecía una cosa que las personas educadas no hacen en las tazas de flores. Pero en aquella casa se respiraba un ambiente de mucha educación.

Nariz de Arena me presentó a una señora cuya cara asomaba por debajo de dos mechones de pelo que le caían como alas de paloma.

—¡Mamá, a la salida de la escuela he encontrado un gatito que va de maravilla para mi actuación!

—¡Qué suerte, Edith! —exclamó Alas de Paloma mientras giraba la cucharilla en la taza. Y luego, dirigiéndose a las otras dos mujeres, dijo—: Edith recitará el papel de una niña con un gatito negro en la función escolar de títeres. El texto se llama *A través del espejo*.

—Ah, sí —repuso entonces una dama con una gran nariz en forma de pico de búho—, es la nueva obra de ese pastor anglicano que también ha escrito *Alicia en el país de las maravillas*. Interesante.

—Sin duda —afirmó, y dio un sorbo al líquido amarillo—. Pero tú, mi querida Gwen, ¿prefieres leche o limón en el té?

—Leche, por favor —respondió Pico de Búho.

Alas de Paloma le puso leche en la taza y luego se volvió a Nariz de Arena y le dijo:

—Bien, Edith, pero ahora retírate a tu habitación, por favor.

Nariz de Arena salió corriendo del salón y me arrastró tras ella como si fuese una alfombra. Pero a mí me habría gustado quedarme con aquellas señoras porque me había entrado mucha curiosidad por descubrir a qué sabía el líquido amarillo. O sea, si tenía el mismo sabor, además del mismo color, de aquello a lo que se parecía, y si, en tal caso, era más pasable con limón o con leche.

La niña llamó a una puerta de madera. Abrió un señor con unos bigotes que parecían dos colas de perro. Nariz de Arena me levantó en el aire y le dijo:

—¡Papá, he encontrado el gatito para la representación!

—¡Qué suerte, Edith! —respondió Colas de Perro—. ¡Justo ahora que se ha marchado el señor Scott, tenemos un nuevo inquilino en casa!

—¡Es verdad! ¡Lo llamaré *Señor Scott*! Original, ¿no?

—Sin duda —dijo él mientras se alisaba la cola de la izquierda. Luego, antes de desaparecer detrás de la puerta de madera, añadió—: Bien, Edith, pero ahora retírate a tu habitación, por favor.

Entonces fuimos a su cuarto y ella me dijo:

—El señor Scott era nuestro mayordomo. Hice que lo despidieran porque él no quería que entrase con el paraguas mojado en casa. Pero ahora estoy muy arrepentida.

Nariz de Arena me llevó a la escuela para la función en la que ella hacía de Nariz de Arena y yo, de gatito negro. No recuerdo gran cosa aparte de que, de vez en cuando, para que me portase bien, un tipo me lanzaba desde detrás de una cortina azul celeste una cabeza de arenque ahumado. Yo me la zampaba y, como me la zampaba muy bien, todos aplaudían y decían:

—¡Viva *Señor Scott*!

Yo entonces pensaba: «Recitar no está nada mal. No me importaría en absoluto ser actor profesional.»

Pero luego caí en la cuenta de que, con el paso del tiempo, terminaría harto de tanta cabeza de arenque ahumado.

Al final de la actuación la gente no quería dejar de aplaudir. Gritaba:

—¡Viva Edith! ¡Viva *Señor Scott*! ¡Viva la reina Victoria!

¿Qué pintaría en todo aquello la reina Victoria, si ella ni siquiera había tenido un papelito secundario? Nunca llegué a entenderlo.

Aparte de eso, lo mejor de la época con Nariz de Arena fue el buey asado con hojas de laurel y una torta de arroz que ellos llamaban pudin de leche. Los preparaba una gordinflona que cacharreaba en la cocina durante todo el día, ininterrumpidamente. Por las noches, yo rezaba con todo mi corazón para que Nariz de Arena no hiciese que despidieran a aquella gordinflona estupenda.

Un día, a la niña se le ocurrió que yo participase en una muestra felina. Yo creía que era algo parecido a la función escolar, así que fui con mucho gusto. Pero en cuanto llegamos, comencé a ponerme nervioso porque en aquel lugar no había ninguna cortina azul celeste, y me preguntaba: «¿De dónde me lanzarán las cabezas de arenque?»

No me equivocaba: de las cabezas de arenque no vi ni la sombra. ¡Y si sólo hubiese sido eso! Toda la exhibición fue una lata de principio a fin. Para empezar, me metieron en una jaula de hierro y me encerraron en una habitación llena de gatos enjaulados como yo. Algunos eran educados, pero otros no tanto: gritaban unas palabrotas y unos insultos que era para que se te pusiese la carne de gallina. Pero los organizadores no se inmutaban y andaban de un lado para otro con un metro en la mano. A mí me midieron la cola, las zarpas y entre una oreja y la otra. También me abrieron la boca a la fuerza, de modo que tuve que probar sus dedos sin tener ni pizca de apetito.

Mientras tanto, un tipo con unos dientes que parecían piedras grises estaba escondido detrás de una máquina con tres patas que lanzaba rayos, como cuando hay una tormenta, aunque por la ventana se veía el sol. Creo que fue por aquellos rayos por lo que estuve todo el día viendo bolitas de color violeta flotando en el aire.

Después de soportar durante todo el día esa tortura, Nariz de Arena llegó llorando y abrió la jaula. Dientes de Piedra se acercó a ella y le preguntó:

—¿Por qué llora, señorita?

—*Señor Scott*, mi gato, no ha recibido ninguna mención. Es un europeo común, ya lo sé, ¡pero si al menos fuese completamente negro...! ¡Ese maldito bigote blanco lo ha estropeado todo!

—Bueno, a mí me parece un bonito gato común.

—¡Entonces tenga, para usted! —gritó ella echándome en los brazos del hombre, que se quedó de piedra no sólo en los dientes, sino en todas partes.

Dientes de Piedra era fotógrafo, como después descubrí. Desde luego, las fotografías eran una buena invención, pero más para el que las miraba que para el retratado. De hecho, yo miré muchas de las que había hecho Dientes de Piedra y después veía normal, sin bolitas de color violeta que me bailasen delante de los ojos.

La casa de Dientes de Piedra estaba llena de fotografías: todas de chicas pensativas, con flores y sin flores, en sillones y de pie, y muchas de ellas se sujetaban una mejilla con la mano, como si les doliese una muela. A mí no me extrañó: en aquella casa parecía que nadie estaba bien de los dientes.

Dientes de Piedra tenía una paloma blanca que se llamaba *Tweetie* y que solía estar posada en su hombro. Enseguida le tomé cariño a aquella buena criatura, un cariño tan profundo que desde el corazón me bajaba hasta el estómago. Ya he demostrado antes que soy un gato muy sentimental. El caso es que no podía dejar de mirarla y de seguirla a donde fuese. Hasta que un día fui a hacerle una caricia y el fotógrafo me vio con una zarpa en su cabeza. Empezó a gritar:

—¡*Spike*, sucio traidor! ¡Como si no te diese nada de comer! ¡Recuerda que si quieres quedarte aquí, tienes que dejar en paz a mi *Tweetie*!

¡Pero no era tan fácil! Oculté mis sentimientos por ella hasta una vez en que Dientes de Piedra se había dormido en el diván; entonces quise darle a *Tweetie* un mordisquito cariñoso en su preciosa cabeza. Lo que ocurrió fue que el hombre se despertó con un sobresalto, y yo, que me di cuenta, empecé a lamer la paloma con ternura. A él le dio tanta rabia que parecía un perro y me pegó muy fuerte con un periódico enrollado.

—¡*Spike*, no me darás gato por liebre! ¡Si te vuelvo a pescar haciendo algo por el estilo, te encierro en una jaula a pan y agua, y si te he visto no me acuerdo!

«El mundo está del revés —pensé yo—. Antes eran los pájaros los que vivían enjaulados a pan y agua, y, en todo caso, ¡los que estaban en los hombros de los humanos eran los gatos!»

De todas formas, por miedo al pan más que a la jaula, desde aquel día tuve que olvidarme de mi pasión por la paloma. Para ello, traté de imaginar que aquella ave blanca era fría y acuosa como las mariposas de los tiempos del zar. Así conseguí dejarla tranquila.

Sin embargo, una noche soñé que me la zampaba entera, con pico y patas incluidos. Antes, Dientes de Piedra me hacía una foto con ella en la boca, y luego, mientras yo comía, él aplaudía gritando:

—¡Viva *Spike*! ¡Viva *Tweetie*! ¡Viva la reina Victoria!

Después de aquel sueño me sentí mucho mejor.

Un día, Dientes de Piedra estaba sentado en el diván pensando, con la paloma en el hombro y yo en sus rodillas, fingiéndome dormido. Y de repente dijo:

—¿Sabéis? Estoy haciendo el tonto retratando a todas esas cursis, cuando me quitan de las manos las tarjetas de gatos. ¡Desde hoy, cambia el cuento!

A partir entonces no volvimos a tener paz. Dientes de Piedra me obligaba a estar horas y horas tumbado en un cojín o en una bandeja de plata junto a un servicio de porcelana azul. Luego me lanzaba un montón de aquellos rayos cegadores. Por la noche, yo estaba cansadísimo y lo veía todo de color violeta.

Una mañana, en el jardín, me puso junto a una regadera y dejó a la paloma sobre el mango. Luego se escondió detrás de su máquina y dijo:

—¡*Spike*, sé bueno, mira a *Tweetie* con amor!

Yo intenté mirarla con todo el amor que siempre había sentido por ella, y me salió tan bien que la boca se me hizo agua. No sé lo que habría pasado si un tipo tan pequeño que parecía un hombre a medias no hubiese surgido de improviso por detrás de la valla para agarrarme tan rápidamente como una gaviota atrapa un pez. Dientes de Piedra todavía tenía la cabeza metida en su máquina cuando yo ya estaba lejos.

El Hombre a Medias me metió a la fuerza en una jaula que colocó a su lado, en un carro pequeñísimo pintado de rayas rojas y amarillas y tirado por dos cerdos negros. Hizo restallar la fusta y los cerdos, obedientes, se pusieron a trotar. Desde el principio hasta el final del viaje, el hombrecillo no dejó de parlotear ni un segundo. Recuerdo que, en un momento dado, golpeó con los nudillos la parte superior de mi jaula y dijo:

—Eh, amigo mío, en esta profesión hay que tener ojo y yo, modestamente, lo tengo. No todos los días te encuentras un hermoso gato negro posando junto a una paloma como si nada... ¡Enseguida he comprendido que rebosas talento!

A mí me habría encantado poder explicarle que a veces las apariencias engañan, que no es oro todo lo que reluce y que el hábito no hace al monje. En definitiva, para no darle más vueltas, que, si por mí hubiese sido, aquella paloma habría llevado ya un rato en mi estómago. Pero estaba a punto de abrir la boca cuando él tiró de las riendas de los cerdos; el carrito se detuvo delante de una especie de campamento en el que había carpas y animales por todas partes. Me quedé de una pieza al ver una jaula grandísima llena de monos nerviosos, que me transportaron a muchas vidas atrás, a los tiempos del valle del Nilo. Luego descubrí en otra a los gatos más enormes que jamás había visto. Eran amarillos con rayas negras y tenían una pinta poco tranquilizadora.

El Hombre a Medias me los indicó con el dedo y dijo:

—Aquéllos son tigres. ¡Mantente alejado de ellos si no quieres verte con una pata de menos!

Al día siguiente el Hombre a Medias me presentó a tres palomas blancas, a cual más apetitosa.

—Éstas son *Dolly, Doris* y *Diana*. ¡Serán tus compañeras de trabajo, *Gentlecat*!

Luego me enseñó lo que sabían hacer: *Dolly* subía una escalerilla de plata con una rosa en el pico y *Doris* llegaba hasta ella, se la quitaba, bajaba y se la daba a *Diana*, que, a su vez, tomaba la rosa y la depositaba en un jarrón que había junto a un retrato de la reina Victoria.

Yo empecé haciendo todo lo que el Hombre a Medias me decía, pero no porque lo deseara. Quien quería hacerlo era mi estómago, que no veía el momento de tragarse las estupendas sardinas saladas que él sacaba cada vez que yo realizaba bien el ejercicio.

Lo que me exigía era, básicamente, caminar a dos patas como uno de aquellos desequilibrados hombres. Luego debía esperar a que una de las palomas me llevase una rosa, tomarla con la boca y, siempre a dos patas, meterla en el vaso que había junto al retrato de la reina Victoria. Después, cuando las tres palomas se posaban en círculo a mi alrededor, teníamos que hacer los cuatro una bonita reverencia delante del público.

—Has nacido para la vida del circo —me decía el Hombre a Medias.

Lo mismo me repetía Hocico de Toro, un muchachote robusto que llevaba un anillo dorado en la nariz. Y aseguraba incluso que yo llegaría a ser un artista más grande que él. Y eso que él era un gran artista, en tamaño y en talento: podía llevar una pila de vasos en la barbilla mientras caminaba por una cuerda tendida sobre dos palos. Y no había peligro de que se le cayese, porque tenía un equilibrio insuperable. Nunca he conocido a nadie como él. Creo que si todos los hombres supiesen andar por una cuerda con una pila de vasos en la barbilla, el mundo sería mejor para todos. Bueno, para todos, todos, puede que no, pero para todos los vasos, seguro que sí.

Hice un montón de veces el espectáculo de la rosa con las palomas delante de mucha gente. El Hombre a Medias siempre me presentaba diciendo:

—¡Y aquí está, señoras y señores, *Gentlecat*, el gato caballero, que no haría daño ni a una pluma de sus amigas palomas!

Una noche me anunció que era un gran día para mí porque en la primera fila iba a estar viéndome, ni más ni menos, la reina Victoria en persona. Yo ni siquiera pude comer de la emoción y Hocico de Toro, dándome un apretón, me dijo:

—¡Ánimo y a por todas, *Gentlecat*, demuéstrales quién eres!

¡Pobre de mí! ¡Si había algo que precisamente no debía hacer por nada del mundo era demostrar a la gente quién era en realidad! En efecto, aquella noche se descubrió que era un gato en el que los sentimientos podían más que la razón.

Ocurrió que, mientras me inclinaba alzado sobre las patas traseras, perdí el equilibrio y fui a caer justo encima de las tres palomas, que se habían colocado en torno a mí como tres lirios perfumados. Serían aquellos cuerpecitos tiernos y cálidos contra los que fui a dar de narices... Sería el estómago vacío, que me refunfuñaba cosas feas al oído... El caso es que ya no supe ni quién era ni qué hacía. En un segundo estuvo claro que yo no era un *gentlecat* en absoluto, ni siquiera un simple *cat*: era más bien un gato hambriento que estaba haciendo estragos con tres palomas indefensas. Los pobres animales ya estaban despachados cuando el Hombre a Medias me agarró del cogote y me sacó de entre una nube de plumas blancas con un ala en la boca.

Detrás del telón, se puso a sollozar exactamente igual que un niño, pero no como un niño a medias sino como un niño entero.

—¡Maldito gato! ¿Qué has hecho? —dijo—. ¡Has mandado al garete tres años de trabajo con esas joyas de palomas!

—Al garete, precisamente... Pero ¿y tú? ¿Qué me has obligado a hacer tú? —le contesté—. ¡Caminar a dos patas es cosa de hombres y no de gatos! ¡Nunca en mi vida me había caído, y ya has visto lo que ha pasado hoy cuando he perdido el equilibrio!

Tenía ganas de desahogarme, pero él no quiso escuchar ni una palabra. Me dijo:

—¡Pero lo más terrible es que la reina jamás te perdonará! ¡Tendrás que morir por esto!

Luego decidió que moriría como las tres palomas, es decir, entre las fauces de una fiera. Me serviría en bandeja a un tigre hambriento.

Hocico de Toro vino a verme en secreto cuando yo ya estaba en la jaula, esperando al tigre con el corazón que se me salía del pecho, como si fuese un pájaro carpintero trabajando en un tronco.

—Bébete este té, *Gentlecat* —me dijo—. ¡No servirás de cena al tigre estando vivo, amigo mío!

Yo me restregué contra sus piernas para darle las gracias y metí la nariz en la taza que me ofrecía. Cuando vi lo que había dentro, me olvidé hasta del miedo. «¡Por fin! —pensé—. ¡Ahora averiguaré si realmente sabe a pis!»

Así que empecé a lamer y descubrí que el líquido amarillo sabía realmente a pis. Estaba pensando en eso cuando caí al suelo redondo, pero esa vez sin un cojín de palomas. Entonces me cayó sobre los ojos un telón negro y me subió a la boca algo viscoso y amargo. Repugnante, vamos. Por eso le dije a Hocico de Toro:

—¡Deberías haberle puesto leche o, a lo mejor, limón!

Sin embargo, no sé qué respondió, porque no lo recuerdo.

●　●　●

De esta forma llegó a su fin mi quinta vida bajo el reinado de la reina Victoria. Parece que esta reina procuró mucho bienestar a su país, pero que fue un poco susceptible respecto a un montón de cosas que no le agradaban. Y debe de ser verdad, porque si no se hubiese puesto así por el asunto de las palomas, ahora mi nombre estaría entre los de los mayores artistas del circo que jamás han existido en el mundo.

6

Cuando oí aquel rugido infernal, faltó poco para que me muriese otra vez del susto. Y aunque ya no estaba en la jaula de los tigres, lo que vi no me gustó un pelo. Un gigantesco monstruo negro, cinco veces mayor que un tigre, avanzaba lentamente hacia mí mientras la tierra temblaba a su paso. «¡Estoy en el infierno! —me dije—. ¡En el infierno de los gatos asesinos de palomas!»

Este pensamiento me produjo tanto miedo que empecé a maullar para ver si daba un poco de pena. Un hombre con un sombrero que parecía el pico de un pato me recogió con una mano caliente y me apuntó con su dedo índice.

—Nunca estés tan cerca de los raíles —me aconsejó—, ¡sobre todo cuanto está llegando el tren de Nimes!

Luego, el Hombre Pato me condujo a una casita, metió el dedo en un vaso de leche que había sobre una mesa y me lo acercó a la boca. Yo lamí todo lo que había que lamer hasta que otro tipo, que tenía una cabeza pelona, brillante y blanca como el mármol, dijo:

—¡Es el gatito que vi ayer! Su madre lo llevó en la boca hasta la vía dos ¡y luego salió huyendo...!

—¡Entonces eres huérfano! ¡Pobre pequeñín! —exclamó el Hombre Pato mojando de nuevo el dedo en la leche—. Bueno, digamos que para mí has llegado hoy en el tren de Nimes y, te guste o no, de ahora en adelante te llamaré *Nimes*.

En efecto, no me gustaba, pero no me importó porque, en el fondo, lo fundamental era que no me hallaba en el infierno de los gatos asesinos de palomas y, sobre todo, que había vuelto a empezar otra vida.

El Hombre Pato me explicó un montón de cosas sobre su trabajo. Por ejemplo, que el monstruo que tanto me había asustado era sólo un carro que funcionaba sin caballos y que se llamaba tren. Sin embargo, mientras los carros se detenían donde querían, los trenes sólo paraban en las estaciones. Y precisamente yo me encontraba en una estación, donde había tal ir y venir de locomotoras que, si no me hubiesen dicho enseguida que no tenían nada de monstruos, me habría dado tiempo a morir cien veces de miedo.

No obstante, una vez que pasó el mal rato empecé a sentir una gran pasión por los trenes. Me pasaba el día mirándolos como hechizado. Cuando llegaban pitando y rechinando, no habría apartado la vista, aunque me hubiesen servido un pollo vivo, ya desplumado, en bandeja de plata. Bueno, puede que sí, si hubiera tenido el estómago vacío y la máquina hubiese aminorado la marcha.

En cualquier caso, me convertí en un gran experto en trenes: era capaz de reconocerlos a muchos metros de distancia. ¡Porque no eran todos iguales! Había unos grises, otros negros y otros marrones; unos con ventanas que transportaban sólo hombres y maletas, y a veces algún perrito; y otros que eran completamente marrones, sin ventanas, que llevaban de paseo a un montón de piedras o de troncos de árbol. Éstos siempre iban llenos hasta los topes porque las piedras y los troncos no tenían maletas.

Todo el mundo debía comprar un billete para subir al tren. No sé cuánto costaba, pero en una ocasión vi en la taquilla a una mujer con un niño que pagaba menos, seguramente porque era más bajo que ella y, por lo tanto, ocupaba menos espacio. Por eso creo que las piedras, que eran pequeñas, debían de pagar menos y los troncos de árbol, que eran tan voluminosos, pagarían mucho más.

Resumiendo, era tan entendido en trenes que el Hombre Pato me dijo una vez:

—¡Eh, *Nimes*! ¡Cuando me jubile te dejaré mi puesto y te daré mi gorra de jefe de estación!

Es cierto que yo tenía cierta predilección por los patos y todavía recordaba su sabor de arena caliente en la boca, ¡pero de ahí a decir que aceptaría disfrazarme de pato era pasarse un poco! En consecuencia, nunca comprendí por qué me hacía a mí esa proposición y no a Cabeza de Mármol, al que, sobre todo en invierno, le habría ido al pelo, digo, a la cabeza pelona, una buena gorra con pico y quizá incluso con plumas.

A fuerza de ver trenes y caras asomadas a las ventanillas, me entraron unas ganas terribles de subir a uno y probar a viajar un poco. Un día reuní fuerzas y decidí que me metería en el primero que llegase a la vía dos. Así que me puse a pasear de una punta a la otra del andén, rascándome cada cierto tiempo detrás de la oreja. El Hombre Pato me vio y me preguntó:

—¿Se puede saber qué tienes hoy en la cabeza, *Nimes*, que no te estás quieto ni un minuto?

—¡Pues pulgas! —mentí yo—. Cada uno tiene sus problemas y los gatos tenemos éste.

Él me miró con tristeza y dijo:

—¿Sabes? Dicen que partir es morir un poco, y yo he visto partir a tantas personas que ahora la muerte ya no me afecta tanto. Porque a mucha de la gente que sube a estos trenes ya no vuelvo a verla nunca más.

«No sé si será verdad, porque morir sí que he muerto un montón de veces, pero nunca me he montado en un tren», pensé yo, aunque no se lo dije para no molestarlo.

Pero cuando me metí en el que salía de la vía dos, me giré un momento para asomarme a la puerta abierta y despedirme. El Hombre Pato sonrió al verme y, sacudiendo al viento la gorra con pico, gritó:

—¡Buen viaje, *Nimes*!

Y para mí que esa vez mi partida sí que le afectó algo. De hecho, cuando volvió a ponerse la gorra en la cabeza, se caló tanto el pico sobre los ojos que ni él podía ver ni los demás podían darse cuenta de que estaba llorando.

En el tren me acomodé en un bonito sillón junto a la ventana. A mi lado se sentó un joven con una bolsa en la mano, y en la cabeza unas orejas tan enormes que parecían las branquias de un pez. Frente a mí había una joven que tenía el pelo como las olas del mar, sólo que amarillo en vez de azul. En cuanto Orejas de Pez me vio, le preguntó a la chica:

—¿Es suyo este hermoso gato negro?

—¡Ni soñarlo! —respondió Olas Amarillas—. Yo pensaba que era suyo.

—Bueno, si viene el revisor lo esconderé en mi bolsa, ¡de lo contrario, uno de nosotros tendría que pagar su billete!

Dado que estaban hablando de mí, no comprendí por qué de repente Orejas de Pez le dijo a la chica:

—Me llamo Jean-Luc Blanchot. ¡Encantado de conocerla!

—Yo no me llamo —contestó ella pegando la cara a la ventanilla.

Pero el joven siguió hablando:

—Soy estudiante de Filosofía. Tercer curso. Vivo en París, ¿sabe?

—Yo no estudio y no vivo —mintió ella descaradamente; se veía muy bien que vivía porque su aliento había empañado el cristal.

Entonces él sacó un periódico y empezó a leer, pero después de unas dos líneas preguntó:

—¿Piensa que habrá guerra?

—Yo no pienso —dijo Olas Amarillas.

Como aquella conversación me aburría, me puse a mirar por la ventana justo cuando el tren, chucuchú, se ponía en movimiento. Vi campos de flores moradas, cabras pastando y algunos pajares, cosas que conocía de muchas vidas y que no me daban ni frío ni calor. En cierto momento vi un faisán gordo que se elevaba por los aires, asustado por el tren. También aquello lo conocía de muchas vidas, pero era una de las cosas que siempre renovaban en mi tierno corazón el amor por la naturaleza. Cuando se alejó volando, solté un suspiro, porque un faisán siempre me da más calor que frío.

Por lo demás, viajar en tren era bonito, pero sólo porque uno sabía que estaba en un tren. De hecho, no es que hubiese mucha diferencia entre estar sentado en un salón y estar sentado allí, aparte de que, en un salón, los paisajes de los cuadros están quietos y no se mueven como los que se ven por las ventanas de un tren.

Todavía estaba pensando en el faisán cuando entró el revisor. Entonces Orejas de Pez, rápido como el viento, me levantó del sillón y me metió en su bolsa, que estaba llena de libros. Era una pena perderse el bonito panorama que se divisaba desde la ventana, pero con las prisas me había olvidado de pagar el billete. O quizá no me hubiese olvidado. El caso era que estaba viajando de gorra. Pero la emoción del viaje ya había pasado y me dieron ganas de bostezar. Me enrosqué como mejor pude entre los libros y me quedé dormido en la bolsa de Orejas de Pez.

Me desperté en una habitación pequeña y desconchada, sobre una cama deshecha. Bajé y estiré bien estiradas las piernas, que estaban entumecidas. Junto a una ventana vi a Orejas de Pez, sentado a una mesita y leyendo un libro, así que fui a olerle los pies.

—¿Has dormido bien? —me preguntó pasando página—. ¡Fíjate qué distraído soy, no me he acordado de ti hasta que he abierto la bolsa! —Me subió a sus rodillas y añadió—: Yo estoy solo como un perro y tú estás solo como un gato. ¡Podremos hacernos compañía!

Yo estaba pensando precisamente que la mejor compañía se hace con la barriga llena cuando él sacó una loncha de jamón de un envoltorio y me la dio. Luego tomó un lápiz y me rascó con la punta en la cabeza.

—Ya ésta —dijo—, ahora tienes el nombre escrito en la frente. Te he bautizado como *Boutroux*, que es mi filósofo preferido.

Desde luego, habría sido más amable por su parte preguntarme cuál era mi filósofo preferido. No sé por qué, pero el nombre de *Boutroux* me parecía una palabrota. Para ser sincero, en el fondo de mi corazón siempre había estado seguro de que nadie me llamaría jamás «pedazo de *boutroux*», y mira por dónde ahora resultaba que no sólo era un pedazo sino uno entero.

Orejas de Pez era un maníaco del estudio. Estaba rodeado de libros desde la mañana temprano hasta bien entrada la noche. Sólo se levantaba para sus necesidades, que eran hacer pis y decirle a la casera que todavía no tenía el dinero para pagar el alquiler. En cambio, la comida se la llevaba ya preparada una niña de una fonda. Orejas de Pez la engullía sobre un libro abierto, como si fuese un plato, pero luego nunca lo limpiaba.

En cuanto a mí, me lo pasaba de miedo: desde la ventana podía bajar a pasear a un hermoso bosque de tejados y chimeneas. A veces acechaba a los pichones que anidaban en los aleros o, por la tarde, espantaba a los murciélagos que perseguían a los insectos. Me parecía que todos los pájaros que se me escapaban encontraban refugio en una torre de hierro que asomaba por detrás de los tejados. «Ojalá pudiese subir allí —pensaba—. ¡Debe de estar de pájaros hasta los topes!»

Cuando volvía a trepar al antepecho de la ventana, siempre encontraba a Orejas de Pez inclinado sobre un libro. Una vez lo vi delante de un espejito recortándose el bigote. De un salto estuve ante el espejo y pude ver, con satisfacción, que mi bigote blanco brillaba al sol de la mañana. Entonces exclamé:

—¡Yo nunca podría cortarte, bigote de luna! Sería como si me arrancase la vida.

Orejas de Pez me oyó y preguntó:

—¿Qué rumias, *Boutroux*? ¡Dime!

Pero yo no respondí, sino que salí corriendo detrás de un moscardón. No quería ofenderlo diciéndole que cortarse los bigotes es como morir un poco. En el fondo, cada uno tiene derecho a cortarse los bigotes por su cuenta y riesgo.

De todas formas, el día se me antojó más bonito de repente, aunque Orejas de Pez estaba muy triste. En efecto, mientras yo me tragaba un moscardón, me acarició la espalda y dijo:

—¡Lo que nos faltaba, *Boutroux*! ¡Ha estallado la guerra y yo todavía no tengo novia!

Desde luego, no sé qué tenía que ver la guerra con lo de la novia. Pero tal vez quería decir que en la guerra desaparecerían todas las chicas guapas del lugar. Y que quizá se salvaran sólo las que se hiciesen las muertas, como Olas Amarillas, a quien era mejor perder que encontrar.

Un día regresé de mi cacería por los tejados con una hermosa salamanquesa transparente en la boca. Me sentía muy orgulloso y quería enseñársela a Orejas de Pez, pero no estaba. Sólo me encontré con sus pringosos libros esparcidos por la mesa, la casera y tres mujeres que vivían en el edificio. La casera hablaba en voz baja:

—Se lo han llevado esta mañana temprano, ¿sabéis?

—Como al señor Coquet. Nadie sabe adónde —dijo una de las mujeres.

—¡Pues estamos apañados! —se lamentó otra—. ¡En París no quedaremos más que mujeres, niños y gatos!

—¡Cuánto lo siento! —suspiró la tercera—. El señor Blanchot era una persona muy educada.

Entonces la casera exclamó:

—¡Más lo siento yo, que me debía tres meses de alquiler!

En ese momento se asomó a la puerta una carita de sapo con dos ojos tan saltones que parecían a punto de caerse al suelo. Era la niña de la fonda.

—¡Si los alemanes no lo dejan volver a casa, yo me llevaré a su gato! —dijo.

—Me harías un gran favor, porque no sé ni cómo desembarazarme de todos estos sucios libros —respondió la casera.

—Déselos al señor Nettement, el de la librería del barrio —continuó Cara de Sapo—. Yo me quedo con el gato.

Cara de Sapo me explicó que, por si todavía no me había dado cuenta, desde ese momento me llamaría *Pierre*. Y como era verdad que no me había dado cuenta, dije:

—¡Encantado de conocerme!

Era una broma, pero ella no la pilló.

Me llevó en el hombro a la fonda de su padre, un tipo con un panzón ruidoso como un tambor, que sonaba por delante y por detrás. Por delante, cuando hacía un rato que no comía, y entonces le gruñía el estómago. Por detrás, cuando hacía un rato que había comido, y entonces lo que le gruñía era otra cosa. Panza de Tambor siempre estaba sudado y siempre tenía la sartén por el mango. Cada dos minutos soltaba:

—¡Qué vida! ¡Pobre de mí!

Pero Cara de Sapo decía:

—¿Sabes, *Pierre*? Papá es un cocinero buenísimo: ha inventado la liebre con ciruelas, y toda Francia viene al bistrot de la Torre Eiffel a comerla.

—¡Seguro que no ha inventado ni la liebre ni las ciruelas, que ya estaban en el mundo cuando él todavía estaba en el limbo! —respondía yo.

Pero aquella tontuela no quería atender a razones. Si al menos me hubiese dejado probar aquel famoso plato, habría podido decir si realmente era una creación de Panza de Tambor o no.

Pero de comer sólo me daban las sobras de los clientes, y como a nadie le sobraba nada, me veía reducido a roer huesecillos de pollo y a limpiar raspas de pescado. Y lo que más rabia me daba era que pasaba todo el día oliendo los aromas que salían de la cocina; eran tan deliciosos que soñaba con ellos incluso de noche. De hecho, una vez soñé que Francia en persona acudía a la fonda a comer liebre con ciruelas. Francia era muy amable y decía con la servilleta en el cuello:

—¡Toma, *Pierre*, prueba este bocadito y dime si te gusta!

Y justo entonces, cuando venía lo mejor, me desperté, así que nunca supe qué sabor tenía.

Un día que estaba en la puerta de la fonda mirando la torre de hierro, que desde allí se veía más cerca, pensé que quizá Orejas de Pez hubiera podido escapar de quienes se lo habían llevado y estuviese refugiado allí arriba. Y a lo mejor estaba tan tranquilo, leyendo un libro con una paloma sobre la cabeza. Mientras pensaba en eso, llegó Panza de Tambor con su sartén por el mango y dijo:

—¡Estás muy gordo, *Pierre*!

—Eso es un don de la naturaleza —le expliqué—, porque, con lo que me dais de comer, si fuera delgado, ¡a estas alturas no quedaría de mí ni un puñado de huesos!

Mis conmovedoras palabras hicieron mucho efecto en él, que debió de pillar al vuelo mi gran fortaleza de ánimo, porque se agachó y empezó a acariciarme la barriga con tanto amor que parecía que estaba ordeñando una vaca. Luego, tras un par de retumbos por detrás, me dijo:

—¡Y también debes de ser muy bueno, *Pierre*!

—Demasiado bueno para un mundo como éste —respondí yo—, ¡donde el que no come se arriesga a ser comido!

Pero en ese mismo momento Cara de Sapo, que había asistido a la enternecedora escena, dijo:

—¡Papá, corre a la cocina, que un señor ha pedido una tortilla!

Panza de Tambor soltó:

—¡Qué vida! ¡Pobre de mí!

Y se fue limpiándose el sudor de la frente. Entonces, en un abrir y cerrar de ojos, Cara de Sapo me agarró y me metió en una cestita medio rota. Luego se sentó en un extraño aparato que tenía dos grandes ruedas y se colocó la cesta en las rodillas. El artilugio se puso en marcha y el viento me alborotó el pelo del lomo. Tuve mucho miedo de salir volando y dar de morros en el suelo de un momento a otro, así que cerré los ojos pensando: «Sólo unos desequilibrados como los hombres, que ven normal andar a dos patas, podían inventar un artefacto infernal como éste, ¡que se mantiene en equilibrio sobre dos ruedas!»

Pero, para mi alivio, nos detuvimos poco después delante de un portón. Cara de Sapo depositó en la acera la cestita en la que yo iba y soltó un momento el aparato de dos ruedas. Entonces, éste avanzó un poco a lo loco y cayó al suelo de lado.

«¡Sabía que no podía uno fiarse de dejarlo solo un minuto!», pensé.

Cara de Sapo se encogió de hombros y lo apoyó con cuidado en la pared.

Al cruzar el portón, entramos en una habitación enorme que estaba llena de libros hasta el techo. Un viejo, que en cuanto abrió la boca empezó a salpicarnos con una lluvia de saliva, le dijo a Cara de Sapo:

—¡Mi pequeña Pauline! ¿Qué viento te trae por aquí?

Yo pensé que, desde luego, habría estado mucho mejor si le hubiese preguntado qué lluvia, pero no dije nada por educación.

—Pues mire, señor Nettement, no vengo a devolverle *De la Tierra a la Luna* porque aún no he terminado de leerlo, pero quería darle otra cosa...

—¿De qué se trata? —preguntó Lluvia de Saliva sin dejar de llover ni en una sola palabra.

—De *Pierre*, mi gato —respondió ella de un tirón.

—Bueno, me vendría bien para eliminar algunos ratones. ¡Esos sinvergüenzas le sacan la piel a tiras a los libros! Pero, Pauline, creía que lo querías mucho.

—¡Precisamente por eso! —dijo con voz lloro-
sa—. Mi padre... No es culpa suya, es que... Ya no
hay manera de encontrar liebres y él... En fin,
¿qué puede hacer? Además, los gatos callejeros,
sin cabeza, son iguales que las liebres... Y el sabor
es más o menos el mismo... ¡Pero *Pierre* no! ¡*Pierre*
no es un gato cualquiera!

Aquello me dolió mucho. ¡Imagínate, los hombres se habían puesto a comer gatos! Me dio tanto
miedo que corrí a esconderme detrás de una pila
de libros polvorientos. Cuando Cara de Sapo se
marchó, Lluvia de Saliva estuvo mucho rato lla-
mándome, pero no salí porque temía que él también quisiera comerme.

«¡No me parece de fiar, con esa boca que se le
hace agua a todas horas!», pensé aterrorizado.

Pero me equivocaba. Después de vivir escondido durante un montón de días, sin atreverme siquiera a cazar ratones por miedo a hacer ruido, al
final me venció el hambre. Al verme, Lluvia de
Saliva no se enfadó conmigo. Al contrario, me dio
enseguida un boquerón y me dijo:

—¡Vaya con *Pierre*! ¡Menudo miedoso estás hecho! Me recuerdas a mi amigo Didier, que se asus-
taba hasta de su propia sombra. ¡No salía de casa
por temor a caer al Sena!

—¡Yo no tengo nada de miedoso! —le respondí,
un poco ofendido—. Para que lo sepa, señor mío, yo
no temo ni a mi sombra, que es tan negra como
yo, ni a caer a ninguna parte, porque los gatos tenemos la suerte de saber usar también las patas
delanteras, y todo el mundo sabe que, caigamos
donde caigamos, ¡siempre caemos bien!

Aquél fue uno de los discursos más largos que he dado en mis siete vidas. Pero no causó mucho efecto en Lluvia de Saliva, que no quiso atender a razones y desde ese momento empezó a llamarme *Didier*, como a aquel miedica de su amigo. Me llamó así hasta el final, aunque ya no me asustasen ni él ni su boca hecha agua.

Lluvia de Saliva trabajaba mucho con los libros, pero no como Orejas de Pez, que comía encima de ellos y luego los dejaba así. Él sí que los limpiaba bien, porque primero les llovía un poco de saliva encima, a continuación les pasaba un paño para quitarles el polvo y luego volvía a colocarlos bien derechos, como platos en un escurreplatos. Debía de estar agradecido a su lluvia de saliva porque lo ayudaba a mantenerlos limpios.

Todos sabemos que en los libros se aprenden muchísimas cosas. Y, en efecto, en aquella época yo aprendí muchas viviendo, durmiendo y comiendo entre ellos. Por ejemplo, que la gente que iba allí nunca pedía un libro, sino que preguntaba por, qué sé yo, un tal barón de Münchhausen o bien la cabaña del tío Tom. Pero luego, en realidad, Lluvia de Saliva les daba un libro y ellos se marchaban tan contentos sin barón o sin cabaña. Y al contrario, los que llegaban pidiendo un libro jamás recibían uno. Por ejemplo, de vez en cuando acudía alguien y Lluvia de Saliva decía:

—¿En qué puedo ayudarlo?

—Quería un libro.

—¿Cuál? —preguntaba entonces.

—¡Uno para liberarse en vuelo libre!

Entonces Lluvia de Saliva bajaba la voz y lo acompañaba por la escalera a un cuartito que había arriba, y te aseguro que jamás le daba un libro, ni para liberarse en vuelo ni para quedarse en tierra. En general, era el que había llegado quien le entregaba a él paquetes de folios escritos. Después intercambiaban siempre cuatro o cinco palabras en voz baja, como «¡Fuera los nazis de París!» o «¡Luchando los echaremos!».

Al final, el visitante estrechaba la mano de Lluvia de Saliva exclamando:

—¡Viva la Resistencia!

Probablemente quería decir que ya había resistido bastante bajo aquella lluvia sin paraguas.

En aquella época aprendí también a mantenerme por mí mismo, sin pedir ayuda al pobre Lluvia de Saliva, que adelgazaba cada vez más porque nunca tenía nada que echarse a la boca. Eso también me lo enseñaron los libros, sobre todo los de papel grueso y amarillo, en los que solía encontrar, escondido entre las páginas, algún ratón que mascaba a dos carrillos. Debido a mi gran nobleza de corazón, no me gustaba interrumpirlo mientras comía. Por eso esperaba con paciencia que terminase para zampármelo. Así engullía más carne de ratón y más instrucción.

Hasta que, una mañana, llegaron soldados con ollas del revés como sombreros; hablaban una lengua que me trasladó a muchas vidas atrás, a los tiempos en que era el diablo.

—¡Pobre de mí, los nazis! —alcanzó a gritarme Lluvia de Saliva mientras yo espiaba acurrucado en un estante.

Los cabezas de olla no querían ni al barón de Münchhausen ni ningún libro. Le dijeron:

—¡Tú, quieto ahí mientras nosotros echamos un vistazo!

Él balbuceó algo a través de todo un chaparrón. Los soldados no lo escucharon, sino que subieron derechos al cuartito donde los clientes resistían sin paraguas. Él los siguió temblando. Los hombres encontraron los paquetes de folios escritos y gritaron:

—¡Pasquines conspiradores! ¡Francés asqueroso!

Entonces lo echaron a patadas escaleras abajo, pero mientras que Lluvia de Saliva consiguió bajarla de pie, un cabeza de olla tropezó con sus propias botas y descendió todos los peldaños volando, como un halcón en picado.

Cuando se levantó del suelo estaba coloradísimo.

—¡Diablo inmundo! —gritó.

En ese momento comprendí que aquel pueblo todavía estaba obsesionado con el diablo. El soldado, para no caerse de nuevo, separó las piernas, y para guardar aún mejor el equilibrio, sujetó con las dos manos un palo de metal que antes le colgaba por la espalda. Todos los demás hicieron lo mismo para evitar tropezones.

—¡Contra la pared! —le ordenaron a Lluvia de Saliva.

134

Él levantó las manos y se apoyó en el muro, pero luego dijo:

—¡Os lo suplico, dejadme hablar un momento con mi mujer, que está en casa y no sabe nada!

—¡Habla con tu gato! —gritó un cabeza de olla agarrándome por el cogote y soltándome de malos modos en los brazos de Lluvia de Saliva.

Y entonces él me dijo:

—¡Adiós, *Didier*! Has sido un buen gato. Yo espero haber sido un buen hombre.

—Algunas veces has llovido un poco más de la cuenta, pero yo también he resistido bien. ¡Viva la Resistencia! —grité yo.

Luego Lluvia de Saliva me cubrió la cabeza con la palma de su mano, así que no pude ver lo que pasó. Solamente oí un ruido como de un tren a plena marcha y sentí que un puñado de piedras me entraba en el pecho. Me acordé de la torre de hierro y de cuánto me habría gustado subir a lo alto a cazar pajarillos.

Así acabó mi sexta vida en la época en que Francia estaba hambrienta, a pesar de comprarle a un tal Estraperlo en un mercado del que, no sé por qué, decían que era negro. Después he oído contar que en aquellos tiempos el mundo estaba dominado por la locura total, pero yo lo supe antes que nadie, aquella vez en que me faltó poco para acabar en la mesa servido en una bandeja con guarnición de ciruelas.

7

El cielo estaba cubierto de nubes y yo nunca había estado tan alto.

«¡Estoy en la torre de hierro!», pensé.

Si miraba hacia abajo, veía calles que bullían de hormigas yendo y viniendo, sin carga sobre la espalda. Alrededor había casas altas y estrechas que parecían tiras de papel matamoscas, con filas y filas de ventanas en cuyo interior se movían puntitos negros como moscas inquietas.

«¡Tengo que cazar unos pájaros!», me dije.

Estuve durante un rato buscando pájaros tras el cristal, pero no pude ver ninguno. Luego, de repente, vi uno gigantesco, más blanco que una paloma y mayor que una cigüeña, que bajaba las alas hacia mí con un ruido pavoroso. Se me escapó un maullido de terror. Me habría gustado huir de allí, pero me pesaba la barriga y las patas no me sostenían. Entonces oí una risa y vi dos manos que se acercaban a mí como un libro abierto. Me fié y subí a ellas.

Así me encontré cara a cara con un chico que sólo tenía tres mechones verdes con la punta azul en mitad de la cabeza, derechos como las plumas de la cola de un pavo. Plumas de Pavo me dijo:

—El de la tienda debería haberte dejado un poco más con tu madre. ¡Aunque ya hayas abierto los ojos, todavía eres demasiado pequeño, *Andy*!

Luego me metió una botellita en la boca, y yo empecé a chupar una leche tibia y dulce. Sentí mucho calor en la tripa y, de pronto, también bajo la cola. Plumas de Pavo tiró la botellita y exclamó:

—¡Si los aviones te asustan tanto, no debes quedarte más con el hocico pegado a los cristales mirando el aire, que luego te lo haces encima y me lo sueltas en la mano!

A mí me dio un poco de vergüenza, pero no era culpa mía que las manos de los hombres se hubiesen vuelto tan grandes como para que uno pudiera aliviarse encima. No podía evitar ser otra vez pequeño. Y por lo visto, sí, había nacido de nuevo.

Conforme fueron pasando los días, aprendí a no hacérmelo encima del miedo cuando pasaba un avión. Sobre todo porque en aquella casa de las nubes, donde casi todas las paredes eran de cristal, sólo tenía que alzar la nariz para ver cada dos por tres uno, que descendía hacia nosotros con las alas abiertas como un águila hacia un conejo. ¡Pero aquella águila no llevaba conejos en la barriga, sino hombres! La noticia me volvió realmente loco de curiosidad. Habría dado toda la casa de cristal por poder subir a un avión. De todas formas, una casa donde no se pueden abrir las ventanas vale bien poco.

Mientras yo observaba los aeroplanos, Plumas de Pavo extendía por el suelo unos cartones, luego se ensuciaba los zapatos de azul y caminaba por encima arrastrando los pies. Después los levantaba del suelo, examinaba con satisfacción las líneas azules y decía:

—¡Éste ya está!

Un día quiso ponerme a trabajar a mí también. Me introdujo la cola en una lata azul marino y luego hizo que paseara de un lado a otro del cartón tirando de mí con una cuerda. Al cabo de un rato empezaron a darme retortijones en la barriga y quise ir a mi caja porque tenía una necesidad urgente, pero Plumas de Pavo no me soltaba porque quería que siguiera caminando. Y cuando ya no pude aguantar más, lo solté allí mismo. Plumas de Pavo puso el cartón derecho y dijo:

—¡Éste también está!

Pero yo soy un gato educado. No habría hecho aquello de ningún modo si él hubiese dejado que me fuera.

Por la noche llegaron unos chicos con botellas y se sentaron en el suelo. Todos tenían en la cabeza mechones de pelo rojos y tiesos, así que parecían un grupo de gallinas acurrucadas. Uno de ellos le preguntó a Plumas de Pavo:

—¿No hay nada de picar, Steve? ¡Tenemos un poco de hambre!

—¡Voy a mirar lo que hay en el frigorífico!

Yo me lo imaginé enseguida echándoles unas galletas desmigadas mientras les decía:

—¡Pitas, pitas, pitas, engordad tranquilas, pequeñas mías, que luego vengo a ver qué hacéis!

Y es que no pasa un minuto sin que piense, con todo mi corazón, en hacer el bien.

Sin embargo, él regresó con una especie de tarta transparente de color amarillo y dijo:

—¡Sólo tengo gelatina fría de pollo de varios días! —A continuación destapó tres botellas y llenó muchos vasos—. ¡Vamos a brindar por *Andy*, mi gato artista, que hoy ha hecho una obra de arte!

Sus amigos, después de alzar los vasos y beber, preguntaron:

—¿Y dónde está?

—¡Os habéis sentado encima! —respondió Plumas de Pavo.

Así que todos se levantaron y se pusieron a observar las líneas de pintura del cartón.

—¡Parece de Pollock! —exclamó uno.

—¡No, mejor! —opinó otro.

—Y esta mancha marrón tiene un efecto tan chocante sobre el azul... —apuntó un tercero.

—¡Eso es una salida de *Andy*! —dijo Plumas de Pavo—. Genial, ¿no?

¡Y pensar que en todas mis vidas he tenido muchas salidas geniales! Pero ninguna fue tan admirada y celebrada como aquélla. Todos querían tomarme en brazos y acariciarme, y luego me ofrecieron como premio un poco de gelatina fría de pollo, que, en confianza, era el no va más. Nunca la había probado y me maravilló que el pollo, después de muerto, pudiese temblar de frío más que vivo.

• • •

Plumas de Pavo le tomó gusto a tenerme de ayudante. Me compró hasta un collar de metal y una correa como es debido para llevarme de paseo todos los días por sus cartones. Ya no tenía la cola negra sino azul marino, y realicé un montón de cuadros. Además, entre nosotros, diré que era bastante práctico poder hacer las necesidades en el mismo puesto de trabajo y no tener que interrumpir la tarea.

Una mañana, Plumas de Pavo se llevó todos los cartones con rayas azules y no volví a verlo hasta unos días después. Entonces corrió hacia mí muy contento, me lanzó por el aire y gritó:

—¡La exposición ha sido un éxito, *Andy*! ¡Nuestras pinturas han gustado un montón! —Y luego, sacando un periódico, añadió—: La crítica ha sido fenomenal: «Obras hechas con talento cromático.»

—¡La crítica no ha sido fenomenal para nada! —dije yo entonces—. ¡Pero qué talento cromático! ¡Son obras hechas sobre todo con los pies, la cola y algo más!

Pero nadie me escuchó; todo el mundo seguía repitiendo que la crítica había sido realmente fenomenal. Lo dijo hasta Cara de Arcilla en cuanto llegó, cuando se arrojó en brazos de Plumas de Pavo. Luego soltó de pronto:

—Me quedaré un poco contigo, Steve. He discutido con Brad...

Él sólo respondió:

—¡Ay, mamá, ya me has pringado otra vez la cara con tu maldito maquillaje!

Pero a ella no le importaba pringarlo todo y a todos con su arcilla. Y aquello era totalmente absurdo, porque por la mañana pasaba tres horas untándosela por el rostro y cuando llegaba la noche, así se hundiera el mundo, se arrepentía de habérsela puesto y pasaba otras tres horas quitándosela con un algodón. Era una gran desequilibrada y no era de extrañar, vistos los altísimos zapatos que siempre usaba. Caminar con aquellos zapatos sin caerse sería un problema hasta para un ciempiés, que si tropieza con dos pies, todavía tiene otros noventa y ocho.

Cara de Arcilla se empeñó en cambiarme el nombre. Un día, mientras yo echaba un sueñecito ovillado en sus rodillas, me soltó:

—¡Eres tan dormilón como Brad! ¿Qué me dices si te llamo como a él?

—¡Te digo que es de mala educación despertar a los gatos que duermen tranquilamente! —contesté muy enfadado.

Pero ella no se dio por aludida. Continuó con expresión ensimismada:

—¡Brad es mi novio! Hemos reñido, pero tarde o temprano haremos las paces. —Y luego añadió en voz baja—: ¡Me casaré con él porque tiene una posición inmejorable!

Le deseé con todo el corazón que el tal Brad estuviese sentado todo el día porque, desde luego, para un hombre no hay mejor posición que ésa.

Cara de Arcilla se instaló en la casa de cristal, pero nunca comprendí por qué no le gustaba nada y siempre tenía alguna queja. Una vez, mientras yo estaba mirando los aviones que volaban sobre los edificios hechos con papel matamoscas, me dijo:

—¡Pobre *Brad*! ¡Encerrado en el piso cincuenta de un rascacielos y con la cola azul!

Yo habría querido explicarle que tenía la cola azul porque era un artista y no porque hubiese rascado en el azul del cielo. Pero era malgastar saliva. Cuando la mujer empezaba, no paraba, y siguió diciendo:

—Pronto me iré. ¡La vida en la Gran Manzana no está hecha para mí!

Más tarde oí decir que la Gran Manzana es el sobrenombre de la ciudad de Nueva York, justo donde se encontraba nuestra casa de las nubes. Pero por aquel entonces sólo pensé lo más lógico, o sea, que la vida en la manzana estaba hecha para los gusanos. De todas formas, preferí quedarme callado para no llevarle la contraria.

Al final, Cara de Arcilla se peleó con Plumas de Pavo, que estaba de su arcilla pegajosa hasta las plumas, y ella le gritó:

—¡Basta! ¡Vuelvo con Brad, a Chicago, en el primer vuelo de mañana!

Yo no sabía dónde estaba Chicago, pero en un vuelo habría ido a cualquier parte.

Cara de Arcilla se puso a hacer las maletas. Yo, sin pensármelo dos veces, me metí en una bolsa donde había una cabeza de mentira con el cabello negro. Ella no me vio entre aquel pelo y cerró la bolsa.

• • •

Al cabo de un rato de estar allí encerrado me quedé dormido y soñé que volaba por encima de todos los pájaros del mundo. Debajo de mí había gorriones, palomas y patos salvajes, y todos hablaban de mí. Decían:

—Es el gato artista. ¡Vamos a pedirle que nos coma y así nosotros también nos convertiremos en obras de arte!

El caso es que un pato empezó a chillar tan fuerte que me desperté. Pero seguía oyéndolo, hasta que un tipo abrió la bolsa y exclamó:

—¡Ajá! Es el collar del gato el que ha disparado la alarma del detector de metales: lo siento, señora, pero él también necesita una tarjeta de embarque.

Entonces Cara de Arcilla dijo:

—¡Qué mala suerte! No es mi gato... ¿Y qué hago ahora? ¡Dentro de quince minutos sale mi avión!

—¡Bueno, pues pague y lléveselo con usted! —replicó el tipo un poco cortante.

Así fue como subí a un avión, que era blanco y tenía las plumas de la cola azules. Pero, para ser sincero, volar no me gustó nada. «¡En el sueño era otra cosa!», pensé. Y, en efecto, por mucho que oteé desde las ventanillas, no pude ver ni un solo pájaro, ni siquiera uno pequeño.

Me gustó mucho más el viaje en coche que hice con Cara de Arcilla al aterrizar. Tampoco había ido nunca en coche, de modo que, para no perderme nada, me acurruqué en la parte de atrás, junto

144

a un perrito de peluche, a mirar por el cristal trasero. Era increíble cuántas tiras altísimas de casas con filas de ventanas había en aquel lugar. Cara de Arcilla me dijo:

—¡*Brad*, baja de ahí, que el taxista no ve nada!

Pero no era cierto. Si uno quería ver, el automóvil estaba lleno de ventanillas, así que me quedé allí. Poco después oí un estallido y salí lanzado hacia delante, precisamente contra la cabeza de Cara de Arcilla, que soltó un gran grito. El coche se detuvo de repente y una puerta se abrió de golpe. La mujer se tocaba el cuello con la mano y gritaba:

—¡Maldito gato! ¡Me ha dado un tirón por tu culpa!

Y tras decir eso, me empujó y yo caí por la portezuela abierta. Me di de morros con las ruedas de los coches y los pies de las personas. La manera en que me trataba aquella mujer era el colmo. De acuerdo, le había dado un golpe en la cabeza, pero por accidente, no aposta. Además, yo podía haberla arañado por equivocación, pero de lo que estaba absolutamente seguro era de que no tenía nada que ver con que le hubiesen dado un tirón. Es más, yo no vi a nadie haciendo semejante cosa.

Todavía estaba corriendo cuando un grupo de niñas que relinchaban como caballos me rodeó, hasta que no vi más que zapatos de tela por todas partes y ya no supe por dónde escapar. Una de ellas, que mascaba sin parar como una vaca, se inclinó hacia mí y se puso a mirarme.

—¿Habéis visto? ¡Tiene la cola azul! —exclamó.

—Debe de ser de una especie rara, puede que un abisinio azul —repuso otra.

—Me lo llevo a casa a que lo vea mi padre —dijo Hocico de Vaca.

Entonces sacó de una bolsa un bollito relleno de carne y me dio un poco. Yo empecé a comer y ella me subió a su hombro y echó a andar. No sé cómo pudo saber que la carne era la mejor forma de tomarme por el lado bueno. De hecho, con la boca llena nunca he podido bufar como es debido.

Hocico de Vaca me llevó a su casa, que era normal, de madera, y no una de esas de cristal apiladas en tiras. En el jardín había un hombre que tenía el pelo como el follaje de un abeto, pero que, en lugar de hacer de árbol, estaba cortando la hierba del prado. La niña trotó hasta él y me levantó por los aires como una bandera.

—¡Pa! —gritó—. ¡He encontrado un abisinio azul!

Pero dejó de mascar cuando Cabeza de Abeto le respondió:

—Lo siento, Sally, no es un abisinio azul. Es un gato negro con la cola pintada de azul.

—Bueno —dijo ella, y empezó de nuevo a mascar—. Podríamos quedarnos con él y llamarlo *Blue* de todas formas.

Hocico de Vaca tenía un jardín bastante aceptable, pero que estaba lleno de niños que me tocaban las narices. Siempre decían: «¡*Blue*, ven aquí!», «¡*Blue*, juega conmigo!», «¡*Blue*, atrapa la pelota!».

Para conseguir un poco de paz debía subirme a un manzano y disfrutar del sol desde allí arriba. Pero cuando hacía mal tiempo, no me dejaban salir. Hocico de Vaca se sentaba delante de una especie de ventanilla oscura que ella iluminaba pulsando un botón que había en el marco. Al principio yo también me quedaba fascinado mirando todo lo que se veía por el cristal. Una vez vi un cielo lleno de mariposas de todos los colores y me lancé contra ellas para atraparlas, pero me di de morros contra la ventanilla y Hocico de Vaca, en vez de abrírmela, se partió de la risa. Y estuvo varios días contándole a todo el mundo:

—¿Sabéis? ¡*Blue* quería cazar las mariposas de la pantalla del televisor!

Así aprendí lo que era un televisor. Pero yo ya sabía desde los tiempos del zar que las mariposas pueden gastar bromas pesadas.

Un día, Hocico de Vaca se acercó corriendo hasta Cabeza de Abeto mientras agitaba un papel en la mano.

—¡Pa! ¡Pa! —gritaba.

«Precisamente ahora», pensé yo mientras daba vueltas muy nervioso entre las piernas del hombre, que estaba mezclando arroz con carne en un cuenco triangular para dármelo.

—¡Pa! —volvió a gritar—. ¡He ganado! ¡*Blue* ha ganado!

—¿El qué? —preguntó él mientras removía mi cena.

148

—¡El concurso de la comida para gatos! —chilló la niña fuera de sí—. ¡Han sacado mi tarjeta y ahora *Blue* podrá ir a Hollywood!

—Hum... —dijo Cabeza de Abeto sacudiendo su follaje—. Estará bien para ti si quieres ver Hollywood, ¡pero no creo que a *Blue* le guste mucho estar delante de las cámaras!

—¡Pero si es un anuncio muy cortito! ¡Sólo durará un segundo! —respondió ella mascando con felicidad.

Más tarde, Cabeza de Abeto empapó un trapo en un líquido maloliente y me restregó la cola con él un montón de veces.

—Ya está, *Blue*. Ahora tu cola es negra otra vez.

Luego me quitó el collar de metal y me puso otro. Al cabo de un rato sentí como si tuviera encima un ejército de hormigas corriendo por todo el cuerpo. Empecé a brincar de aquí para allá como un saltamontes y Hocico de Vaca dijo:

—No es más que un collar antipulgas. ¡Luego te sentirás mejor!

Pero aquello me provocó mil veces más molestias que las pulgas. Además, está bien castigar a las pulgas de vez en cuando, pero ya se sabe que no se pasan todo el día chupando sangre. A veces no estorban a nadie: cuando ponen huevos o saltan a la alfombra y se van a dar una vuelta por la casa.

Pero lo peor fue que redujeron a la mitad mi ración de carne y doblaron la de arroz. Decían que más arroz y menos carne era bueno para el pelo. No hubo manera de convencerlos de que más carne y menos arroz era mejor para el estómago.

Un día Hocico de Vaca me anunció dando palmadas:

—¡Ha llegado el gran día! ¿Te lo imaginas, *Blue*? ¡A lo mejor conoces a algunas estrellas de cine!

A mí, aquello me produjo cierta curiosidad. Prácticamente sólo me faltaba conocer a ésas, porque ya había visto las estrellas del mar. Me pregunté si las del cine serían distintas de las otras. A lo mejor brillaban también de día, como solecitos.

«Quién sabe, quizá estén sobre las casas hechas a tiras y tal vez las iluminen como las farolas a las casas normales», pensé.

Hice otro viaje en tren, pero ése tampoco me gustó demasiado. Aunque era de noche no llegué a ver las estrellas del cine, ni siquiera las normales.

Pero luego, cuando íbamos en coche, vislumbré algo por la ventanilla que me llamó la atención: una franja de color azul claro. «¡El mar!», pensé.

¿Cuánto tiempo hacía que no lo veía? Me dieron muchas ganas de saltar del automóvil y correr a darme un baño. Pero, por desgracia, Hocico de Vaca me tenía sujeto con la correa y el coche se alejaba cada vez más de la tira azul. Las únicas tiras que vi luego fueron las de las altísimas casas de cristal, pero para mí ya no eran ninguna novedad.

Hocico de Vaca me llevó de paseo por una acera en la que había estrellitas y huellas de manos y pies.

—Mira, *Blue* —me dijo mascando con emoción—, ¡por aquí han caminado las estrellas de cine más famosas!

Yo pensé que si tenían dos pies y dos manos como los hombres, tal vez fueran estrellas fugaces, que perdían el equilibrio y caían del cielo.

Fuimos a una casa grandísima que estaba llena de gente. La niña me dijo que era un estudio cinematográfico, pero yo no vi a nadie estudiando. Todos iban corriendo de un lado a otro como abejas laboriosas, pero no se acercaban a flores, sino a máquinas extrañas que tenían unas ruedas pequeñitas para que pudieran moverlas. Hocico de Vaca se puso a hablar con un hombre al que le colgaba la piel de debajo de la barbilla como si fuese un buey, y yo pensé que si hubiesen estado en un prado pastando, habrían hecho una pareja perfecta. Pero allí los prados estaban pintados, al igual que un río, dibujado en zigzag y con triángulos amarillos pegados al fondo. Barba de Buey me dio un golpe tan fuerte bajo la garganta con la punta de un dedo que durante un momento no pude tragar. Luego le dijo a Hocico de Vaca:

—¡Bonito, tu *Panther*!

Y la muy boba, en vez de dejarle bien claro enseguida que me llamaba *Blue*, le preguntó:

—¿Qué tiene que hacer exactamente?

—Muy sencillo, se queda junto al otro gato vencedor tumbado en un cojín. Luego llega un egipcio a darle una galleta y entonces suena la canción que dice:

Pyramid.
¡Para el gato una delicia
de la tradición egipcia!

151

Hocico de Vaca me acarició la cabeza y exclamó:

—¿Has oído? ¡Harás de gato egipcio!

Barba de Buey volvió a golpearme con la punta del dedo, pero esa vez me dio entre los omoplatos y me dejó un instante sin respiración. Luego dijo:

—No es que tengas mucho aspecto de egipcio, *Panther*, ¡pero eso lo arreglamos ahora mismo!

Y ahí empezó mi tortura. Hocico de Vaca se despidió de mí mientras me quitaba el collar. Luego me encerraron en una jaula roja y me tuvieron dando tumbos de una habitación a otra. Cuando se decidieron a abrirme, tenía mucha hambre, y por eso me puse muy contento al ver que sacaban una cajita blanca con algo amarillo y tembloroso. Me acordé de la gelatina de pollo, que también temblaba mucho, pero aquella cosa amarilla olía a demonios y no me la habría tragado ni aunque me la hubiesen metido en la boca a la fuerza. En cambio, me la extendieron por todo el pelo, desde la nariz hasta la punta de la cola. Me sentía como un bollito untado de mantequilla, y me pregunté para qué se había molestado Hocico de Vaca en ponerme el collar antipulgas si, de todas formas, las pulgas habrían muerto ahogadas en aquel pantano amarillo.

Al final me llevaron a la habitación del río pintado. Barba de Buey estaba muy nervioso. En cuanto me vio, dijo:

—¡Ah, veo que te han acicalado muy bien con el gel!

—¡Querrás decir que me han adobado, y muy mal, porque huelo a demonios! —repliqué yo de morros.

Pero él fingió no haberme oído. Se volvió a los demás y anunció:

—*Panther* está listo, pero el otro gato todavía no ha aparecido. ¡Si no está aquí dentro cinco minutos, rodamos sin él!

—¡Pero no puede ser! —protestó entonces una voz—. ¡El otro también ha ganado el concurso!

—¡Me importa un pimiento! —gritó Barba de Buey—. Dentro cinco minutos rodamos, ¡he dicho!

A mí me dejaron en un cojín contra el fondo del río en zigzag y alguien dijo:

—¡*Panther*, el perfecto gato del valle del Nilo!

Cuando oí nombrar el valle del Nilo, me impresioné. Como nunca le había hablado a nadie de mi vida, comprendí que todo aquel numerito era sólo para que yo pareciese un gato egipcio. Me dio mucha rabia. Empecé a bufar y a arañar a todo el que se me acercaba, gritando:

—¡Idiotas! ¡En el valle del Nilo no me daban carne en cajas triangulares! ¡Y no me embadurnaban de fango amarillo hasta la cola! Y por si os interesa saberlo, ¡el Nilo no hacía zigzag ni en sueños!

Barba de Buey le gritó a Hocico de Vaca:

—¡Este animal es una auténtica pantera histérica! ¡O logras tranquilizarlo en cinco minutos o lo echo de aquí a patadas!

—¡Deben de ser los nervios por estar fuera de lugar! —dijo ella.

Yo bajé de un salto y me puse a galopar como un caballo para encontrar una vía de salida. Mientras saltaba, fui dejando por el suelo bastante de la porquería con que me habían untado.

Barba de Buey sí que estaba de verdad fuera de lugar. No paraba de gritar:

—¡Agarradlo o termináis todos en cajas de galletas!

Tres hombres empezaron a perseguirme, pero resbalaron en la gelatina amarilla y acabaron de narices en el suelo. Entonces Barba de Buey aulló.

—¡Inútiles! Si dentro de cinco minutos...

Pero los cinco minutos habían pasado hacía ya un cuarto de hora, así que él también comenzó a ir tras de mí. Me siguió por todas las habitaciones hasta que me di cuenta, desesperado, de que había perdido la orientación y estaba otra vez en la sala del Nilo. Barba de Buey se hallaba a un palmo de mí cuando él también pisó un poco de gelatina y cayó patas arriba con un gran grito. Luego no sé lo que ocurrió. De repente se hizo el silencio. Barba de Buey estaba callado, extendido en el suelo como la piel de un tigre, y no se levantaba. Entonces fue cuando la vi.

Estaba en brazos de una mujer con cara de pan. Tenía un hociquito gris y dos ojos asustados del color de las naranjas. En todas mis vidas pasadas no había visto a nadie que mereciese la pena ser visto como ella. Ni las mariposas blancas ni los patos salvajes ni los trenes en marcha. Así que me lamí un poco la espalda pensando en mi deber y luego fui a sentarme de nuevo en el cojín, con satisfacción. Entonces Cara de Pan se acercó a Barba de Buey, que estaba poniéndose de pie muy despacio, y le dijo:

—¿Es usted el director? ¿No podría terminar pronto? ¡*Jasmine* está muy nerviosa!

—¡Que está muy nerviosa...! —gritó él con un rugido que era más de toro que de buey.

Pero alguien exclamó:

—¡Señor Wrath, mire, *Panther* se ha calmado!

—¡Bien! —aulló Barba de Buey—. ¡Rodamos ya, sin preparar a la gata!

Entonces creí que de verdad estaba soñando. O sea, para ser exactos, que estaba teniendo el sueño más bonito de mis siete vidas. Cara de Pan dejó a Ojos de Naranja en el cojín, a mi lado. Ojos de Naranja me olió en silencio las orejas y entonces yo empecé a olfatearle la nariz: así es como nos conocemos los gatos y, francamente, nunca he comprendido por qué los hombres sólo se estrechan la mano, porque no puedes conocer a alguien si no sabes cómo huele.

De todas formas, Barba de Buey gritó en cuanto vio que nos saludábamos:

—¡Si se están besando! ¡OK, claqueta y acción!

Una gran luz bajó hacia nosotros, y enseguida se nos redujeron las pupilas a dos finas medias lunas. De improviso, en la pantalla de un pequeño televisor que teníamos delante, vi una escena que no podré olvidar en toda mi séptima vida. Un gato negro con el pelo brillante y pegado como las escamas de un pez estaba oliendo a la gata gris más guapa de todo el universo, y su bigote de luna acariciaba los ojos de naranja de ella.

Entonces le susurré al oído:

—¡Huyamos juntos!

—Sí, pero ¿adónde? —me preguntó.

—¡Vamos a ver el mar! —dije yo.

Y, por extraño que parezca, esa vez fue facilísimo encontrar la salida. Una mariposa amarilla y negra, que bailaba por el aire en medio de aquellos prados pintados, me la indicó. En un momento estaba en el antepecho de la ventana y Ojos de Naranja, conmigo. Saltamos a una pequeña tapia y, de allí, a una calle azul, llena de sol, que bajaba como una cascada de agua en una montaña. Corrimos y corrimos, brincando por encima de matas de ortigas y esquivando troncos de palmeras, hasta que por fin hundimos las patas en la cálida arena. El mar se extendía frente a nosotros y nos enviaba larguísimas olas de bienvenida. Entonces le pregunté a Ojos de Naranja:

—¿Has visto alguna vez el sol marino?

—¡No! —me respondió—. ¿Y tú?

—Yo tampoco, pero tal vez junto a ti pueda verlo. Además, ¿sabes lo que te digo? ¡Que contigo veré incluso la luna del mar y hasta nos daremos un atracón de estrellas!

Mientras estábamos hablando, vimos unos animales extrañísimos que entraban en el agua. Caminaban a duras penas sobre sus aletas, sus cuerpos parecían serpientes brillantes y muy gordas, y tenían hocicos de perro y unos bigotes más largos que los nuestros. Otros, iguales pero más pequeños, se arrastraban con torpeza a su lado. Algunos se pusieron a rodar alegremente sobre cojines de algas secas.

—¡Vamos a bañarnos nosotros también! —le propuse a Ojos de Naranja.

—¡Vamos a tener cachorros como ésos nosotros también! —dijo ella.

—¿Estás de broma? —exclamé—. ¡Vaya desgracia si tuviésemos cachorros con aletas! Desde luego, yo espero que los nuestros sean mil veces más guapos y que caminen a cuatro patas. ¡Así nunca se caerán!

Así pasa, día a día, un poco a la sombra y un poco al sol, mi séptima vida en el país de las estrellas de cine y de las tiras de casas de cristal. He oído decir que esta nación fue cada vez más al oeste, hasta que no hubo más oeste que descubrir. Yo también he ido al oeste, pero ahora ya no quiero irme a ninguna parte. Me gusta demasiado la vida que llevo con Ojos de Naranja y no tengo ni pizca de ganas de empezar una nueva en otra parte. Da igual porque, estés donde estés, las cosas que hay por descubrir y por soñar nunca se acaban, así que vale la pena vivir a fondo todas las vidas que te toquen vivir... ¡Siempre que haya un *Bigote de Luna* contigo, por descontado!